献礼中国冰岛建交50周年

诗的国度
冰岛诗歌选

王荣华 张守凤 编译

人民出版社

序

　　王荣华具有长期和卓著的中国外交生涯，他同样也善于从事政治、贸易和文化活动。他回国后通过很多书籍的出版和他的网站继续从事传播中国传统文化和当代文化的工作。我本人对中国文学背景知识的了解得益于他的帮助，对此我心存感激。

　　尽管他出任中国驻冰岛大使已是很多年前的事了，人们仍然深情地怀念他、尊敬他。在他任期快要结束时，江泽民访问了冰岛，他曾协助接待中国国家主席第一次，也是唯一一次对冰岛的国事访问。这件事本身就意味着他的职业生涯达到了顶点，然而由于他在文学方面的工作，他的名字将永远与冰岛连接在一起。

　　冰岛人对自己中世纪以来的文学传统颇为自豪。冰岛人均出版书籍的数量是全世界最高的。不管是知名作者或是初出茅庐的新人的最新出版物都会被热心的读者争相购买和阅读。很多书籍被译成包括中文在内的多种语言。王荣华在任期间是冰岛文学界的活跃人士，他向冰岛读者和听众介绍了唐宋王朝的经典诗作，以及包括毛泽东在内的 20 世纪诗人。由于他自己就是一位卓越的诗人，他与冰岛诗歌界的领军人物如马蒂埃斯·约翰纳森和索尔·维尔豪尔姆松结下了深厚的友谊。

　　在我们庆祝建交 50 周年之际，一本综合的冰岛诗歌选将以中文面世，对此我表示欢迎。没有任何人比王荣华更合适来承担将这些诗译成中文的工作，他既对冰岛文学有浓厚的兴趣，又具备对中国文化的广泛了解。现在数量大得多的讲中文的读者将有机会欣赏自中世纪到现代的范围更大的冰岛诗歌的精品了，为此我感到很高兴。

冰岛前驻华大使　古士贤

2021 年 4 月 29 日

编译者的话

2001 年中冰建交 30 周年时，我仍在任上，还在使馆主持了庆祝建交 30 周年的招待会，记得冰政府派当时的农业部部长出席了招待会。

2011 年中冰建交 40 周年时，我撰写的《冰与火的国度——冰岛》，在上海文艺出版集团的配合下，在 10 月将该书赶印出来，我得以将这本小书献给中冰建交 40 周年。

今年是中冰建交 50 周年，本来想写一篇回忆文章来表达我的致意，但是在教育部备案的济南大学冰岛研究中心的同事们提出要编一本《冰岛诗歌选》，代表研究中心向中冰建交 50 周年献一份厚礼。几经商议，决定由我和中心主任张守凤教授联手承担编译工作。

英国文学批评家马修·阿诺德（Matthew Arnold）曾提议在现代社会用诗歌代替哲学和宗教。我觉得有可能做到这一点的国家非冰岛莫属。诗歌已经渗入冰岛人的血液里，历史上挪威王朝的御用诗人差不多都是冰岛人，冰岛议会每年要以诗歌的形式开一次会，很多人的留言和签名都用诗。毛主席诗词在冰岛至少有三个冰文译本，我在冰岛写的诗都被译成了冰文，有的还有多个译本。

《冰岛诗歌选》收入了马蒂埃斯·约翰纳森的六首诗。约翰纳森是我非常敬重的诗人。我们相识在冰中文协为纪念毛泽东诞辰 105 周年而举行的毛泽东诗词朗诵会上。当时，人民日报驻北欧记者章念生曾这样报道："冰岛最大的报纸《晨报》前主编约翰纳森，这位深受冰岛人尊敬的年届七旬的老报人，以那深沉的语调和优美的节奏，用冰岛文朗诵了他翻译并出版的《蝶恋花·答李淑一》等诗作。"（《北欧亲历》，当代世界出版社 2002 年版，第 207 页）自那以后，我们经常讨论诗歌创作问题，约翰纳森向我介绍了很多关于冰岛诗歌的过去和现在，我也向约翰纳森介绍了有影响的中国诗作。他对屈原非常感兴趣，还将《橘颂》译成了冰文。他还在江泽民主席对冰岛进行国事访问之际，将江主席的诗作《登黄山偶感》译成了冰文，在《晨报》头版显要位置予以刊登。这个集子中《棕色眼睛的姑娘》其实写的是他的夫人。约翰纳森已经 90 岁高龄了，祝他长寿，愿他的诗文全集早日出版，他所写的、翻译的所有关于中国和中国诗人的作品早日面世。

《冰岛诗歌选》第一部分收录的是中世纪至宗教改革，亦即 870—1600 年间优秀的诗作。第一首是《预言诗》，国内也译成《瓦洛斯帕》（冰文的音译）或《女占卜者的预言》。2000 年译林出版社出版过石琴娥和斯文译的《埃达》，其中他们用的名称是《女占卜者的预言》。关于《埃达》和《预言诗》本书中有所介绍，但是我想补充如下内容：冰岛前驻华大使奥拉夫·埃吉尔松在谈到《预言诗》时指出，"学者们一直把它列为斯堪的纳维亚诗歌中无法超越的卓绝者。它的主题完全是北欧较早时代里所盛行的思想，诸如世界的创造、异教神祇的出现以及他们如何生活的故事、失败和罪恶造成世界毁灭，可是在诗篇结尾复现成新的光明、新的希望和新的更美好的世界。"（《埃达》中译本前言）石琴娥在《埃达》的译序中告诉我们，恩格斯对这首诗给予很高的评价，"他在《家庭、私有制和国家的起源》一书中指出：这首诗写成于海盗时代，当时氏族社会已趋瓦解，所以它写的是诸神的没落和世界的毁灭、大灾难到来以前的普遍堕落和道德败坏"。（《埃达》第 24 页）

《冰岛诗歌选》收入了《埃吉尔萨迦》和《强人格雷蒂尔萨迦》的部分诗歌。由于正文对萨迦所论很少，我觉得有必要在此引用冰岛前总统格里姆松和奥拉夫·埃吉尔松大使对萨迦的看法。在 1997 年出版的英语版《冰岛人萨迦全集》的序言里，格里姆松总统这样说："萨迦是知识、智慧、娱乐和辉煌的语言的用之不竭的源泉。""在萨迦中我们可以看到对所有人在所有时间都有关联的人类经典的智慧和宽广的胸怀。""萨迦为欧洲文化提供了新的视角，这些视角对当代人的头脑来说比其他古老的文学更直接、更密切。""萨迦在冰岛很好地抚育了我们。"奥拉夫·埃吉尔松大使在《中世纪北欧文学的瑰宝》一文中说："对于创作它们的民族来说，冰岛萨迦具有不可估量的价值；在世界古典文学的殿堂里，冰岛萨迦也为自己赢得了一席之地。""冰岛萨迦使冰岛语得以保存下来。这一具有强大生命力、形象生动、娓娓动听的语言为冰岛人度过那些饱受外族统治、瘟疫肆虐、气候恶劣、火山爆发之害的漫长而又艰难的岁月作出了重要的贡献。""也许可以这样说，在塑造冰岛的民族特征方面，冰岛萨迦和冰岛语所发挥的作用是其他任何因素都无法比拟的；它们使冰岛人深信，尽管它们在众多的地球居民中属于少数，但他们完全有权利作为一个独立的民族存在下去。"（《萨迦选集》，商务印书馆 2000 年版，第 1 页）

《埃吉尔萨迦》的译文收在了商务印书馆的选集里。此选集只收了 6 部萨迦，而英文版的《冰岛人萨迦全集》

共收有 38 部萨迦，其中包括《强人格雷蒂尔萨迦》。

《冰岛诗歌选》中《预言诗》、古体民间歌谣和圣母玛利亚赞歌都没有注明创作者。其余部分共二百多首诗，由 62 位诗人创作。很多诗篇都充满了阳光和力量。如比雅尼·基宿拉松的《歌唱太阳》中有这样的句子："当山峦披着阳光 / 圣洁的太阳为空气着装 / 大地、湖泊和森林斗志昂扬 / 满眼都是富丽堂皇。"

埃格特·欧拉夫松的《热爱大自然》通过描写动物的可爱来表现对大自然的热爱：

> "潮水退去河里依然泛着清波，
>
> 海岸不再潮湿微风已经定格。
>
> 动听的是鸟儿的欢歌
>
> （其歌声发自它们被感动的心窝）
>
> 我的思绪也已退去，我的精神却高入云朵。
>
> 凡我所见都在笔下一一记妥。
>
>
> 蛎鹬和矶鹞发出几声呵呵，
>
> 倒不是它们意见相左；
>
> 海鸥重复着它欢喜的歌，
>
> 它黑背兄弟的歌声像破锣，
>
> 矶鹞听到笑呵呵，

蛎鹬听到不停地啰嗦。

它们聚到一起开了伙：

蛎鹬抓起小虫一个，

矶鹞找到海边的美食

它从石头里抓起的东西带着壳，

海鸥张嘴把蜈蚣叨，

嚼着圆鳍鱼的是黑背那家伙。

在这些飞禽真实的天性里

我看到的是喜悦和欢乐；

开饭的时候它们开始吃喝，

它们开宴会时大海没有上锁，

当潮水涌来

它们就会躲进被窝。

它们等到潮水退缩

美味的餐食又摆上了桌，

除了啤酒还有蜜酒可喝，

它们各自风雅的鸣啼像是开锣，

国王们在酒杯和汤勺面前就座

大臣们的声调是如此温和。"

很多诗人都写了他们对祖国的热爱，谨举下面几个例子。比雅尼·梢拉仁森所写的《冰岛》这样写道：

"霜与热是奇怪的组合，

山脉、平原、岩浆、海洋和大河，

当冰川下的火淹没了你的脚踝，

你是如此壮美，你的威严将人震慑！

不惧火焰能让我们强壮；冰霜培养我们坚韧的性格"。

比如荣纳斯·哈特乐格里姆松的《向冰岛致意》说，冰岛的山河是上帝特意的涂抹，别有情趣：

"你知道我的国家慈眉善目

蓝色的山峰直矗

天鹅欢歌，鳟鱼在河里游兔，

田野里花儿美得令人羡慕，

大海明亮映照着众多的小瀑布，

冰川一袭白色可谓衣冠楚楚——

或许是上帝特意着色抹涂

为每个日子祝福。"

荣纳斯在《致保尔·盖马德》中发出了这样的问句："如果你眼中的冰岛并非如此娉婷 / 世上哪里有更加壮美的场景？"

深处大西洋之中，冰岛人出海捕捞时必须与大风大浪抗争。这个诗集里很自然地收入不少与大自然斗争的诗篇，格里马·邵姆森在《斯库里警长》中描写了这位警长如何优雅地与风浪搏斗：

"来自伊斯雅的风刺骨冰寒

这些来自海角的人没有被吓破胆。

他命令一下，全体动员

他们跳起脚，决心一战，

尽管海神的奴仆敲打着船身

他们与海浪搏斗毫不手软。

……

这时斯库里发了言，

'你们可知我为什么穿得如此光鲜

当海浪晃动我们的船

当船身蒙受着苦难。

我想到海上女神衣着体面

她的头巾洁白无斑点；

我们要以礼回还，

我也要用最好的打扮与她见面。

难道我们会在海浪中遇险

我想予以检验，

就算我们的尸体会被冲上岸，

我们也要死得像人，而不是海的鹰犬。'"

吉司利·布依纽尔夫松在《岿然面对命运》中这样的诗句很感人：

"面对命运我心安然，

无所谓好运还是霉运连连，

在命运的变换面前

我岿然不动，

我的立场永远坚定如冰川

稳如灰色的大山

冷对风暴和闪电

才是一个男人的风范。"

欧利娜·安得列斯多蒂尔在《南方的男子汉》中说：

"海上的猎物每个国家都视为其光环，

永远也不能

把海角的男人小看。

谁也不能把冰岛渔民的血液小看

它会像海洋一样把巨浪掀

像火山熔岩一样流窜。

它会像潮水一般泛滥像烈火一般蔓延，

它不在乎巨浪滔天

也不怕风暴狂卷。"

当过政府领导人的哈尼斯·哈勃斯特恩在《海洋的冰》中这样鼓励他的人民：

"心中的冰要比海冰危险

它冷冻的是履职的决心和意愿

如果一个民族被冻结，就会出现灾难，

人们就看不到太阳或者春天。

但是当暖风发自英雄的神龛

微风送暖

感动到人的心田

精神上的冰被融化

太阳就会再现

虽然它有好多年没有露脸。"

他在《新世纪之歌》中鼓励他的同袍向未来出发：

"冰岛，你总有站起来的一天

埋在岁月的深处是你的出生权。

你深藏的能量总会破茧

你成长中多彩的外衣披在你岩石的表面。

总会有大地的伤痕被治愈的一天，

农村会繁荣，旷野变成了农田，

肥沃的土壤里生出的面包孩儿们在收揽，

在新的森林里文化也会灿烂。

我看到车辆和船只在巡游展览，

你的瀑布是这些工具动力的源泉，

机器在飞转，工人们意足心满，

一个自由的民族把自己的事物看管。"

诗集里还收入一篇关于孝敬父母的诗作，诗人是哈特尔格里姆·皮特松，他在《忠实真心地伺候你的双亲》中写道：

"忠实真心地伺候你的双亲

好事就会降临。

不要对他们发火

孩子，你就是一个孝子贤孙。"

　　与冰岛不同时期这许多位杰出的诗人进行对话，实在是三生有幸。但讲老实话，这种对话有时也是一种折磨。诚如美国学者马克·肖欧尔（Mark Schorer）所说："作者的'本意'往往与字面的意思相矛盾，他的本意深藏在构成文本的由语言学上的同义词组成的矩阵里。"我深感肖欧尔讲得有道理。有话不直说，这可能就是作者或诗人的高明之处。但是，这对于译者来说就要费思量了，有时百思也不得要领。然而，我们得到的更多的是享受，享受美妙的诗句，也庆幸我们很多译文也近乎同样的美妙。

　　此诗集在翻译过程中得到了维尔何耀玛·吉斯拉松（Vilhjálmur Gíslason）先生无私的帮助，他通过微信和邮件至少为编译者解答过 20 次问题；为了解决中文版权问题，他与本诗选中健在的诗人联系，直至他们同意出版他们作品的中文版；他想方设法与已经去世诗人作品的版权持有人联系，劝说他们同意出版中文版。他是一位丹麦语老师，曾将我的一些诗作译成冰文。在此，我向他表示最深切的谢意，没有他这种锲而不舍的努力，要出版这个集子是不可能的。我要感谢我的朋友弗朗西思库·马柴达博士（Dr. Francesco Macheda），他和他的夫人艾里丝在联系版权人方面做了大量有价值的工作；我还要感谢冰岛汉学家鲍德松先生和在冰岛大学教授冰岛文学的年轻的冰中文学翻译家张欣或先生，他们都不厌其烦地回答过我的问题。

我们两位编译者要向本诗选最后两部分中的版权所有人和诗人表示崇高的敬意和谢意，感谢他们同意将他们持有版权的诗作收入本诗选，他们的慷慨表示出了中冰两国人民之间深厚的友谊。我们，及本诗选的中国读者会铭记他们的情谊。

伟大的文学作品是人类价值得以续存的媒介。我们通过编译这部诗集进一步感受到冰岛这个只有 35 万人口的国家深厚的文化底蕴，再次领略了冰岛人不畏艰险开拓进取的精神，再一次沉浸在冰岛人浓浓的诗情之中。济南大学冰岛研究中心和编译者谨以此诗集献给中冰建交 50 周年，愿此诗集作为一盏小灯，为中冰之间的文学交流发出一点光亮。

王荣华

2021 年 10 月 19 日

目　录

II 学习和启蒙的时代
(17 世纪和 18 世纪)

III 浪漫主义、自然主义和爱国主义
（19 世纪及 20 世纪初叶）

IV 20 世纪之交
（19 世纪末期及 20 世纪初）

VI 现代主义及未来
（21 世纪初叶）

I 中世纪至宗教改革

（870—1600 年）

　　长期以来诗歌的创作有各种形式。在联合体时期（870—1264）占主导地位的是埃达诗歌（Eddic）和英雄赞美诗（Skaldic），两种都是出自口头传统，根植于古老的北欧——即大移民年代异教徒日耳曼或斯堪的纳维亚风格的作品。老《埃达》中有的诗歌可能是在冰岛创作的，然而，很多英雄赞美体和埃达体显得更古老，它们则源自斯堪的纳维亚或欧洲大陆。

　　1000 年是一个分水岭，这一年里冰岛皈依了基督教。由于基督教的普及，人们开始识字。11 世纪和 12 世纪是创作老北欧诗歌或老冰岛诗歌的技术（字母、语法等）发展的时期，或者如同近代的评论中那样将这些称谓简单地称作冰岛诗歌。12 世纪初，白话散文开始出现，除宗教作品外，这些散文包括冰岛和挪威国王的俗世历史、法律、日历推算和家谱。说到家谱，《定居之书》（Land-námabók）可谓至关重要，家谱是 12 世纪末叶到 14 世纪伟大的萨迦时代的种子。在这些年头里，古老的埃达诗歌也以口头形式存活了下来。

埃达诗歌

　　《预言诗》（Völuspá）可能是本集中最古老的诗篇。它是在大定居时代以传统的口头形式来到冰岛的，其中保留了古老的斯堪的纳维亚和日耳曼诗歌。此诗原载于 13 世纪末编纂的《皇家抄本》（一译《王者之书》，即 Codex Regius），它被称为诗歌埃达或老埃达，以别于《散文埃达》和由斯诺里·斯图鲁松（Snorri Sturluson）在 13 世纪初所写的《斯诺里（Snorra）埃达》。斯诺里在文中广泛地使用了《预言诗》。

　　此诗主要以"古文字格律"（Fornyrðislag）的韵律所写。每首诗有四行，每行中间分开，每半行有两个重音，押一个头韵，譬如：（例句中斜体字是押头韵的地方——译者注）

> *H*ljóðs bið ek allar　　*h*elgar kindir
> *m*eiri ok minni　　　　*m*ögu Heimdallar.
> *V*ildu, at ek, Valföðr　　*v*el fyr telja
> *f*orn spjöll fira,　　　　þau er *f*remst um man.

吟唱诗

　　吟唱诗之大部分是通过萨迦以及挪威国王的历史的形式得以保存。对于译者来说，这种文体特别难译。吟唱诗的复杂程度可谓"臭名昭著"。典型的"高尚斗士格律"（dróttkvætt）诗体的技术特点可以参见下面的例句。此例句引自《埃吉尔萨迦》第 58 章第 32 首诗。此诗体有八行，每行有六个音节。它押韵有三种形式：押头韵、押半韵、押全韵。

　　带下划线的字母是押头韵的地方。奇数行押两个头韵；偶数行在起始处押一个头韵。斜体字是押中间韵的地方。

p<u>é</u>l höggr st<u>ó</u>rt fyr st<u>á</u>li

<u>sta</u>ƒnkvígs á veg jaƒnan

<u>ú</u>t með <u>é</u>la meitli

<u>a</u>ndær jötunn vandar

en sva<i>l</i>búinn se<i>l</i>ju

<u>s</u>verfr eirar vanr peiri

<u>G</u>estils álft með <u>g</u>ustum

<u>g</u>andr of stál fyr brandi.

　　翻译用"德罗特克发特"诗体写的诗歌的最大困难是，它脱离了我们通常所用的词序。从字面上讲，这首诗符合逻辑的词序应该是这样的："桅杆迎面的巨人在使劲拍打，抽打着船头，公牛般的新船头正行驶在平坦的海面上，突然一阵冰雪袭来，冷风无情地折磨着装饰成海王天鹅的船头。"

　　这首诗之所以晦涩，是因为它的原始语言比喻使用了一种称为 kenning 的复合辞。这种复合辞由两部分组成，一部分是以物比物，用其他事物称呼一件东西，第二个部分是对这个事物进行修饰，让它在诗中显得恰如其分。譬如，此诗中的"巨人"是用来比喻风的，而风与"巨人"是两回事，但是当加上"桅杆迎面"后，这个比喻就成立了。

来看这个词组：jötunn vandar＝桅杆的巨人＝风；andær＝迎面而来：风迎面而来＝顶风。在另一个词组里，形容风暴的复合辞用得很巧妙：með meitli＝用锉子；éla＝突然而来的冰雹：突然而来的冰雹的挫折＝遭遇暴风雪。

诗选中是这样处理这首诗的：

> 在海牛（我的船）踏浪的途中，
>
> 逆风里的雪吹来像锉刀一样，
>
> 锉在了桅杆上，来势汹汹呀
>
> 锉尖刮蹭着船头。
>
> 一股股冷风吹来
>
> 吹向我海王天鹅的头
>
> 那船头的木板
>
> 要撕裂那船头的板材。

本选集收录了一些从埃吉尔、格雷蒂尔和其他萨迦中选出的类似的诗篇。其作者都是10世纪和11世纪的诗人，但是吟唱诗在好多世纪里仍占统治地位。梢里尔·斯特恩分松在 1238 年就义前写下了一首令人难以忘怀的吟唱诗。

基督教的到来，如同其他境外的发明一样，为冰岛的诗歌想象带来了新的形式和方式；基督教带来的是圣歌和虔诚诗。第一首记录在案的圣歌是科尔本·土马松（Kolbeinn Tumason）在 13 世纪创作的《祷告文》。最有名气的要数埃依斯提恩·奥斯格里姆松在 14 世纪创作的《百合花》。本集收录了其中的第 91 首和第 100 首，这些诗歌仍被人们牢记，被人们喜欢了近 700 年之久。

除了圣歌和其他宗教诗歌以外，冰岛人还很喜欢世俗诗歌和叙事民歌，这些都是源自斯堪的纳维亚半岛，譬如"欧拉夫·百合之歌"和"特里斯坦之歌"描写的是事件和冲突。其创作的时间没有记载，但是多少世纪以来一直被人们歌之舞之，直到 17 世纪及以后才被记录下来。在历史上，冰岛人一直喜爱、创作、朗诵、背诵并记录下来复杂的叙事诗，这些叙事诗题材广泛，有几百首或许是一千余首叙事诗保存了下来。

冰岛历史上的罗马天主教时期，由于荣·阿拉松（Jón Arason）及其两个儿子被砍头戛然而止。他是霍拉地区的天主教主教，死于 1550 年。路德教在冰岛的大地上实现改革并盛行之前，人们喜欢歌唱圣母玛利亚的诗歌，这些诗歌反映了欧洲大陆、欧洲天主教的玛利亚学说。同其他地方一样，民歌、民间故事、讽刺诗、警句和格言等一直被传颂，最终被记录下来。

我们最后来到后宗教改革时期，来到路德教盛行的17世纪两位牧师的诗歌，一位是埃纳·西古松（Einar Sigurðsson），他所作基督教圣歌到今天仍是流行的主唱歌曲；另一位是欧拉法·荣松（Ólafur Jónsson），他活着的时候以及后来其诗歌流传甚广。他的很多作品得以用手稿保存。

埃达诗歌（无名氏）

预言诗

预言诗（Vökysopá）是《埃达诗歌》中最伟大的诗篇。女预言家对奥丁神诉说了创世纪以及带来毁灭之神的事件的故事。世界毁灭之后，大地及一些神仙，包括光明之神又从海里生了出来，回到和平的生活。但是，最后，女预言家看到一条敏捷的蛇，即黑暗攻击者，从幽暗的大山里飞了出来。

1.

我要求所有的人们

高的和矮的

守护神们

听我诉说；

他们，倒下去的人的父亲（即奥丁神）

让我重述

古代英雄们的事迹

我就从时间开始的时候说起。

2.

我记得巨人

出生在过去

很久以前

养育了我；

我回忆起有九个世界

九个女妖，

在地层的下面

长着有名的命运之树。

3.

在时代的黎明

到处空空荡荡，

没有沙滩没有海洋

没有凉爽的海浪：

找不到陆地

看不到天堂，

只有一片空寂

四处没有草香。

4.

直到第一批男儿出生

土壤才露出面容，

这是尘世的标记，

被冠以中土之名。

阳光从南方

照在由石块组成的大地上，

地面开始生长

绿色的草木覆盖了土壤。

5.

太阳从南方发光，

你的伴侣是月亮，

你把右手

伸到天的边上。

太阳不知道

哪里可以停靠，

星星不知道

哪里可以歇脚，

月亮不知道

可以拥有多少。

6.

然后各种力量聚在一起

诸神均强大无比

他们在一起商议

如何将命运派发出去：

夜晚和它的儿女

其名称该使用什么话语，

它们是上午

中午

下午和夜晚，

大段时间以年来计算。

7.

在四季常绿的平原

上帝正在会见

那些用木材

建造庙宇和神龛

垒起火炉的人们

他们造出了稀罕的物件

锻造了工具

包括铁钳。

8.

在平坦的草地

他们正高兴地下棋，

他们什么都不缺

拥有任何用黄金制作的东西；

直至三位处女

巨人处女的光临，

她们来自巨人的世界

力大无比的巨人。

9.

然后各种力量聚在一起

诸神均强大无比

他们在一起商议

如何将命运派发出去：

那些偾张着大海血液

长着蓝色双腿

的侏儒们

谁去当他们的主人。

10.

这样，最出名的

海洋的头脑

全都变成了侏儒，

然后又变成了矮人；

他们制作了很多

人的形状，

矮人告诉他们

是用土捏成的侏儒。

11.

月有盈亏，

地有东西和南北，

冬眠的是所有的盗贼，

让世界打颤的，自己打颤的

蹲着的，矮小的，

先生的，祖先

祖宗，那个叫米德狼人的侏儒。

12.

武力和魔杖精灵，

风精灵，顽固的，

大胆的，僵硬的，

俊俏，聪慧和多彩的，

尸体和复杂又时髦的，

现在，我真的

把侏儒数了一遍。

13.

用锉的，用刨子的，

寻找的，钉钉子的，

收拾整理，不嫌苦累，

手艺人，把东西变小变矮，

在羊角上钻孔的，动作飞快，

那些出名的四处漂泊的

沼泽地里的武士

使用橡木盾牌。

14.

是找寻的时候了

为人们的后辈找寻

从侏儒到洛弗尔

主持冬眠的人，

那些把沼泽地里

居住的人

从石头垒成的大地

带到战场上的人。

15.

还有"滴落者"

战场上坚定的家伙，

一只眼睛的能踏平山丘的老哥

怒视万物的人叫李—菲尔德

还有旋转人和削木者，

斜着写芬语者，先辈中的叔伯。

16.

精灵和国王

橡木盾牌，

智者与冰霜，

芬兰人和骗人狂；

人只要活着

他们就会绵延流长，

如同洛法尔一支

那长长的虎符所验证的那样。

17.

直到来了三位法力无边

毫无表情的神仙

来自神灵的彼岸

就要到矮人们的房栈。

在岸边他们发现

白蜡树和榆木

已聊无力气

他们的命运无形暗淡。

18.

他们没有了气息，

没了灵魂，

没了体温没了声音

脸色憔悴。

奥丁给他们以气息，

汉尼尔神（Hænir）给了他们精神，

他们有了温暖的生活

脸上有了红润。

19.

我知道一棵耸立的白蜡树，

它的名字叫生活之树，

它高耸入云，

被白泥洗身；

它枝干上的露珠

滴进了山谷，

在过去的春天

它绿色的容颜常驻。

20.

从那里来了

三位博学的女神，

她们来自大海

生活之树下的大海：

一位叫过去，

一位叫现在

她俩在木头上雕刻

第三位就是未来；

她们制定了法律

她们给男人的

孩童们以生命，

为他们选定了命运。

21.

她仍记得那次如何被攻陷

那是世界上的第一战，

长矛击穿

盛金药水的瓶罐

在上帝的宫殿

她的身躯被点燃。

三次被焚烧，

三次重生，

对她是家常便饭，

她依旧活在人间。

22.

她被称为金色的光芒

不管她身在何方，

她有预言家般长远的目光，

经常挥舞她的魔杖，

在魔法中她就是诗章，

在魔法中她手法巧妙，

那些邪恶的女人

常常把她放在心上。

23.

然后各种力量聚在一起

诸神均强大无比

他们在一起商议

如何将命运派发出去：

是否要那些壮美的人

在苦难中磕碰

诸神是否要

寻求报应。

24.

奥丁掷出了利剑

刺死了武士们，

这就是那次攻陷

世上的第一战，

山寨被攻占

那些壮美的人们的堡垒，

瓦尼尔和他的军队高唱战歌

把大地践踏摧残。

25.

然后各种力量聚在一起

诸神均强大无比

他们在一起商议

如何将命运派发出去：

是谁用欺骗手段

污染了空气，

把奥丁的新娘

送到巨人族手里。

26.

雷神独自一人

被唤起投入战斗

——他很少犹豫不决

尤其当他听到这样的事情——

誓言被毁掉，

连同那些话语和许诺

还有那些通过的

分量很重的声明。

27.

她知道破晓之神

听到的话

虽被藏在圣树之下，

却已传到天堂啦。

她眼里看到河流下泻

如浑浊的瀑布倒挂

这是失落之父的诺言。

你到底知道多少啊？

28.

她坐在室外

当上帝的先祖

老奥丁到来

他凝视她的双眼。

你想要我告诉你什么？

你为何要引诱我？

——一切我都知道，奥丁，

知道你的眼神藏在哪里，

在巨人米密尔的井里，

多么有名的智慧之井呀。

米密尔每天早上都要喝

眼睛里流出的蜜酿

这是失落之父的诺言。

你到底知道多少啊？

29.

奥丁这位战争之父

为她选了胸针和项链，

选择了聪慧的语言和财富

再加上占卜，

她具备了洞察一切的眼力

可以进到每个世界的园圃。

30.

她看到奥丁的婢女

瓦尔基里从远方来到这里，

瓦尔基里得到命令

乘车与诸神聚齐：

将来手握盾牌，

刺手也拿着盾，

战争、战役和织工

还有长矛手

都被算作

奥丁的下人，

瓦尔基里受命

在大地骑马而来。

31.

我看到

命运降临给巴德尔，

这位血迹斑斑的神，

他是奥丁的孩子；

那槲寄生玉树临风，

比其他树木长得高，

他多么

美丽苗条。

32.

从槲寄生树上取材

制成了要命的悔恨之箭

它看上去不起眼：

霍德把它射了出去。

一位兄弟出生了

比巴德尔要早，

奥丁的儿子被人仇杀

孩子仅仅活了一个夜晚。

33.

在他把巴特尔的敌人

架在火葬的柴堆上之前

他从不洗手

从不整理头发；

在女神之家

弗丽嘉天后哀叹

英烈祠里的逝者的厄运。

你到底知道多少啊？

34.

在树林的泉水里

我看到有蠕动的东西

它像是狡猾的

洛基的身体；

西格恩，洛基的夫人

坐在那里

提及丈夫她并不是满心欢喜。

你到底知道多少啊？

35.

大河从东方垂落

从充满瘴气的峡谷流过

那里除了匕首就是长剑，

称它们为剑鞘真个邪恶。

36.

在黑暗的平原上

耸立着

金子的殿堂

侏儒们的遗产在那里收藏；

在四季温暖的大地上

还站立着，

巨人的啤酒房，

这巨人名叫海浪。

37.

距太阳很远的地方

她看到一座殿堂

就在死人海岸的边上，

其门朝着北方。

毒液在滴淌

滴滴来自门窗

殿堂已被毒蛇缠绕

蛇身已变得又硬又僵。

38.

在那边她看见

湍急的河水趋缓

那发毒誓的人

那凶残的拾荒人

那博取别人

爱情的骗子；

在离去人的尸体上

毒蛇在吸吮，

一只狼在撕碎男人们。

你到底想知道多少啊？

39.

在东方一位女妖精

坐在铁木房里

在分娩

狼的后代正在出生。

这些后辈当中

有一位

会掩盖巨魔的面容

把太阳吞入肚中。

40.

狼给注定要死的人

注入了力量，

把上帝的天堂

涂抹成血红模样，

以后的夏天

只会有黑色的阳光，

气候也诡异无常。

你到底想知道多少啊？

41.

他坐在一座坟墓旁

把竖琴弹响，

他是女妖的卫士

欢快的埃格瑟。

一只英俊红色的公鸡

用筑巢用的芦苇

向他吹奏，声调悲伤，

它叫法亚拉，名号响亮。

42.

金色的梳篦

向诸神啼叫

让战争之父

的英雄们起床。

但是在大地的下面

一只红色的公鸡

在地狱的大堂

也啼叫得响亮。

43.

地狱犬在

洞开的石窟里狂吠，

狂吠声震断了脚镣

那条狼乘机逃跑；

她熟谙兽群的曲调，

我看见在遥远的未来

胜利的诸神

难逃一场巨大的失败。

44.

兄弟们将战斗

直至死亡，

姐妹们的儿子们

攻打的是同族的老乡，

这个世界已经变得凄凉，

乱伦大行其道，

到处是剑影刀光，

很多盾牌都开裂了，

风暴里横行的是虎狼，

在整个世界被颠倒之前

不会有人

对他人有宽恕的心肠。

45.

米密尔的儿子已经登场，

命运之神正在发光

世界之树的号角

正在吹响；

号角声如此高亢

角声在天上飘扬

奥丁的话语

进入了米密尔的心房。

46.

古老的树木在呻吟

巨人在无羁绊地狂奔；

白蜡树依然耸立，

生命之树正战栗失魂。

47.

地狱犬在

洞开的石窟里狂吠，

狂吠声震断了脚镣

那条狼乘机逃跑；

她熟谙兽群的曲调，

我看见在遥远的未来

胜利的诸神

难逃一场巨大的失败。

48.

巨人赫列姆驱车向东，

盾牌挡住他

巨蟒正在蠕动

气势汹汹。

蟒蛇拍打着大浪

雄鹰欣喜若狂

它浅色的鹰喙叼向尸体

指甲盖筑成的船只挣断了锚链在漂荡。

49.

船只来自东方，

是火巨人那一帮

将要跨越海洋

洛基在掌握舵盘和方向，

所有愚蠢（巨人）的亲族

尾随着恶狼，

神灵的兄弟们

已陪伴在一旁。

50.

诸神怎么样了？

精灵们是否设防？

整个巨人世界在隆隆作响，

奥丁开会商量，

矮人们呻吟

在岩石的门旁，

还有在悬崖上栖息的智者

你是否想要知道得更多更详？

51.

火巨人苏尔特来自南方

施用吞没木材的火焰，

高尚的武士们的佩剑

闪烁着太阳的光芒。

巨石翻滚碰撞，

大地在颤抖哀伤，

人们走在通往地狱的路上

天堂已被劈开了胸膛。

52.

奥丁之妻赫琳

遇到了她的第二次悲伤，

当奥丁出发

去抵御恶狼，

当毕利灵光的杀手

直面苏尔特；

赫琳所钟爱的上帝

会黯然陨落。

53.

地狱犬在

洞开的石窟里狂吠，

狂吠声震断了脚镣

那条狼乘机逃跑；

她熟谙兽群的曲调，

我看见在遥远的未来

胜利的诸神

难逃一场巨大的失败。

54.

然后胜利之父

奥丁伟大的儿子

维达尔重创了

那群行尸走肉。

他手执长矛

刺进了

洛基儿子的心脏

报了杀父之仇。

55.

然后大地母亲

知名的儿子，

奥丁的儿子索尔走上前台

将群兽战败，

尘世的守护神

用斧头将毒蛇劈开。

世上所有人的家园

被清理得洁白，

大地的后代

把臭名昭著的毒蛇

放置在九步开外，

那地方曾被毒蛇破坏。

56.

太阳黑暗下来，

大陆正沉入大海，

明亮的星星

消失在天外。

大火滚滚而来

要吞噬生命之树，

火焰汹汹

要把天堂烧坏。

57.

地狱犬在

洞开的石窟里狂吠，

狂吠声震断了脚镣

那条狼乘机逃跑；

她熟谙兽群的曲调，

我看见在遥远的未来

胜利的诸神

难逃一场巨大的失败。

58.

她第二次

看到大地

从海洋中升起

仍旧一片葱绿。

瀑布下泻，

雄鹰高飞

在高山的四周

从海里把鱼儿叼在嘴里。

59.

在常青平原

诸神再次会面，

反思巨蟒

缠绕地球的事件

他们回忆起

最后的行动多么果敢

想起了古老的秘密

及最伟大的上帝的诗篇。

60.

在草原之上

人们会在以后发现

一位金色的棋手

被锻造得如此完满，

在逝去的岁月

这棋手是他们的财产。

61.

从未播过种子的土地

现在要长出庄稼，

所有的悲痛都已放下，

巴尔德会重生长大。

霍德与巴尔德都会发达

诸神在奥丁的大殿的

废墟里身姿挺拔。

你想多了解一些，是吗？

62.

然后，风神会选择

预料的字眼

巴尔德与风神兄弟

的儿子们

将在风的无边的疆界

生息繁衍：

你是否想要更多地了解？

63.

她看见一座殿堂

在比太阳还要好的地方

里面铺满了黄金

避开了凶恶的火光。

贤惠的人们

将在那里居住

永远享受

生活的犒赏。

64.

然后至高权力

的支配者

自天而降

世上万物都统摄于他无穷的力量。

65.

灰暗的龙

飞临上空，

黑山之下

蟒蛇在闪着鳞光。

蟒蛇从平原

腾空而起

它羽毛下藏着尸体。

这时她（女预言家）将会沉入海底。

吟唱诗歌

埃吉尔·斯卡拉格里姆松

（Egill Skallagrímsson，910—990 年）

摘自《埃吉尔萨迦》

埃吉尔的祖父夜狼哀叹自己无法向挪威美发哈拉德国王报仇，哈拉德杀死了他的大儿子索洛尔。这种心情是导致他与小儿子斯卡拉格里姆移居冰岛的原因之一：

命运的转轮对我吝啬：

我听到索洛尔在北方岛屿

走到了生命的尽头，不幸夭折

吾儿雷神做了仗义的剑客；

那衰老的女巫曾与雷神肉搏

由于她我必须出征，尽管毫无准备

我必须加入瓦尔基里的战车

我复仇的意愿很执着

但行动恐不会迅疾利索。

下面这首诗是埃吉尔三岁时，在他姥爷英哥瓦在阿
佛坦斯的家庭聚会上的首秀：

> 我兴致冲冲地来到英哥瓦的家
>
> 他从毒蛇曾看护的宝藏中
>
> 拿出金子给客人们分发；
>
> 我好想见到他呀。
>
> 毒蛇王国里闪光扭曲的金戒指
>
> 已被碾碎，你永远也找不到
>
> 比我还要顶呱呱
>
> 只有三个冬天大
>
> 的写诗行家。

埃吉尔七岁时，在一场冬天的游戏中，他用斧头把
十岁大的格里姆的头砍伤，要了格里姆的命。埃吉尔回家
后，他父亲对他很冷淡；然而，他母亲柏拉却说他："你有
真正国王的气质。"他用下面这些话给出了回答：

> 我母亲说
>
> 有人会给我
>
> 买一只配有优质桨的船，
>
> 与海盗们一起出发时，

我站在船首

统御这昂贵的战舰，

然后驶进一个港口

把抵御者一个个斩首。

在从挪威去冰岛的路上，埃吉尔所作的复杂的吟唱
诗出色地描写了航行条件：

在海牛（我的船）踏浪的途中，

逆风里的雪吹来像锉刀一样，

锉在了桅杆上，来势汹汹呀

锉尖刮蹭着船头。

一股股冷风吹来

吹向我海王天鹅的头

那船头的木板

要撕裂那船头的板材。

海尔佳是托尔芬的女儿，她得了一种消瘦病。埃吉
尔问她是怎么回事。"我们刻写了神秘的符号"，托尔芬回
答。埃吉尔在海尔佳的床上找到了在鲸鱼骨头上刻写的符

号。他刮掉了这些符号，然后高声诵读下面的诗句，烧掉
了鲸鱼骨头：

> 要是读不懂这些符号
>
> 千万不能刻写乱涂
>
> 这些字符
>
> 让很多男人步入邪途。
>
> 在鲸鱼的骨头上我看到
>
> 刻着十个神秘的字母，
>
> 这些字母是女人（菩提树）
>
> 让她长期饱受病痛的凄苦。

然后，埃吉尔刻写了新的字符，海尔佳便病愈如初。

埃吉尔 80 多岁时，身体虚弱，逐渐失去了视力和听
力。下面的诗句反映了他年老时的心境：

> 我的脑袋在颤抖像装了龙头的马
>
> 毫无顾忌地向仇人冲杀；
>
> 我的双膝都已枯萎，
>
> 两只耳朵也干燥透啦。
>
> 我抚摸着在火炉前坐下，
>
> 向火焰少女请求和平；

我在边境曾受到苦恼的折磨

那时我双眉紧锁。

曾有一位国土广阔的国王

对我的话语甚为欣赏

他奖给我有巨人看护的

黄金宝藏。

时间是如此漫长

一位满脸衰容的老人

独自躺在

柔软的床上。

我的双腿

就是冰冷的门窗，

那些女人

需要的是火焰和光亮。

在《埃吉尔萨迦》里，埃吉尔与 30 个伙伴航行去了英国，结果在一个暴风雨的夜晚，被逮住了，只好将船只遗弃在亨伯河入口处。埃吉尔听说他的敌人是埃里克·血斧国王，他在约克城统治着王国。埃吉尔没有打算逃跑，而是去见这位国王。结果他被逮捕，而且要在第二天早上被处死。他一个晚上都无法入睡，写了赞美国王的诗歌，希望以此来挽救他的生命。第二天早上，他给埃里克国王朗读了他的诗歌，国王说："诗歌的表达很好"，就赦免了他。

赎命诗

1.

我航行在西面的大海，

乘着诗歌的波浪到来

踏上战神之心的尘埃；

我驾起橡木船

冲破了冰块

把所有的赞美作为货物

装到船尾货仓里守耐。

2.

那位勇士对我表示欢迎，

对他我进行了歌颂。

我将奥丁的蜂蜜酒

带到英格兰的草坪。

我要赞美那位首领，

用歌声把他称颂；

大家快来听吧，

我写的颂歌多么生动。

3.

阁下，请想一想——

我的朗诵

是多么恰当

要是我的诗歌响在人们的耳旁。

大家都会知道

国王的战绩如此辉煌

战神所看到的

是成山的尸体堆在田野上。

4.

长剑击在盾牌的边缘

发出嗡嗡的声响，

国王身边的战斗异常惨烈，

他不顾一切冲向前方。

血流已然成河，

厮杀声如此响亮

箭如雨下，

田野变成了战场。

5.

一束束长矛

瞄准了目标

在国王队伍

闪亮的盾牌上方呼号。

海岸在哀嚎

血河撞起了波涛

行进中的旗手队列

回响着战斗的号角。

6.

当长矛如雨般坠落

倒在泥水里的人一拨拨。

那天埃里克

名声大作。

7.

我仍然要讲

若你愿听取端详，

我知道的事迹

一桩又一桩。

国王一步步前进，

给敌人以重创，

蓝色盾牌的边缘

已经被击打得没了模样。

8.

剑与剑在碰撞，

一柄叫战斗的阳光，

一柄叫磨石的脊梁，

一柄叫专门刺伤

它们每剑敌人无法躲藏。

我听说使用它们

伐倒了奥丁树林里的橡树

它们削铁如泥呀

铁器派上了用场。

9.

刀刃锋利

长剑无可阻挡。

那天埃里克
的大名飞扬。

10.

乌鸦成群结队
冲向血红的刀剑，
长矛肆意拨动着一个个生命
鲜血淋漓的剑柄快如闪电。
苏格兰人的苦难
是侏儒乘骑的恶狼的盘中餐，
洛基的女儿海尔
在尸体上肆意踏碾。

11.

好斗的仙鹤在俯冲
冲向白骨堆成的山顶，
伤人的鸟倒不愿意
把鲜血吸吮。
恶狼捧起尸体大快朵颐
渡鸦把嘴
伸进红色的浪头里

嘴巴被染红也在所不惜。

12.

侏儒们野狼般的坐骑

正在进行谁更贪婪的攀比。

埃里克总能提供肉食

野狼们没有断顿的危机。

13.

战斗少女总能

让剑手们保持警惕

当盾牌被击碎

战舰就失去了防卫。

此时弓箭就会响起

瞄准敌人的要害

拉起用亚麻做的弓弦

把箭支射出去。

14.

只要长矛出手，

和平就会到手；

豺狼们会在意

紧绷的榆木箭头。

善于作战的国王

在致命的一仗里保存了力量，

在战斗的较量里

紫衫弓箭嗡嗡作响。

15.

从埃里克拉开紫衫弓箭

箭支飞镝如蜜蜂一般。

他总能提供肉食

野狼们没有断顿的危险。

16.

我希望

更多的人

能看到他的慷慨；

我用赞美把人们的眼睛打开。

他挥出去的是黄金

他用执牛角之手

保住了他的国土

他值得人们称颂热爱。

17.

他捧出的

是一把一把的金子。

他毫不吝啬

施舍永不停歇。

他手腕一抖，

黄金离手。

金块的碰撞声

是运金子车队欢快的歌喉。

18.

一位战神

持着木盾

用他满是黄金的臂膀

把大量胸针掷向远方。

说句心里话

他身上没有一处不宏大，

埃里克的事迹传遍了万户千家

传到东方的海角天涯。

19.

国王呀，请你牢记

我创作赞歌的事迹，

看到人们明白了诗意

让我欢乐无比。

从我嘴里吐出的

是深藏在心里的真情实意

它来自奥丁诗歌的海洋

那些描写战争艺术的诗句。

20.

我把对国王的赞歌

带入到无声和空阔，

我剪裁的字句

留给一路来的同伙。

我为勇士歌唱

因为他是我头脑里的榜样

这歌曲会永远传扬

因为它给了人们力量。

埃吉尔的前途无量的小儿子鲍德瓦溺水而亡，另一个儿子古纳尔因发烧致死。这对埃吉尔来说太过悲惨。他的女儿索格德于是劝他写诗来悼念。这样便产生了杰出的挽歌，这挽歌表现了无法对奥丁进行报复的无奈，同时也向奥丁表示了敬意，因为奥丁将字词蜜蜂酒作为礼物送给了他，而这蜜酒就是上帝的奖赏，就是诗歌。

失儿之痛

1.

我口舌僵硬

很难鼓动，

我唱不出我诗的音阶

它们显得沉重。

我无法从心头所系

理出头绪

上帝的奖赏

遥不可及。

2.

既然这番事业

要的是痛哭——

那就从头脑的根部

彻底地倾诉

天后弗丽嘉的子嗣

从巨人世界里发现

且秉承的风骨

就是诗歌这般的礼物。

3.

诗神布拉吉

受到生活的启迪

他的神来之笔

是守望者侏儒的技艺。

巨人受伤的脖颈

激起心血涌动

心血拍打的

是死亡侏儒地狱的门蓬。

4.

我的世族

就要败落，

如同森林边上

梧桐一棵，

当从床上

抱起

亲人的尸骨

有谁会不感到凄苦。

5.

我首先

要从我字句的神龛

从构建我诗歌的大椽

用枝叶般鲜艳的语言

将父亲的逝世

母亲所丢失的一切

给予

详细地阐衍。

6.

巨浪

撕裂着父亲的宗亲之墙

一道裂缝一道伤

严酷而凄凉；

我知道

那裂缝尚未被合上

我儿子打开的缺口

是大海留下的硬伤。

7.

大海女王

搅得我神散魄殇

将我的亲人

夺了个精光：

割断我家庭谱系

的是海洋，

本来是牢牢地系着的

我就在那家谱的下方。

8.

我或许会用剑

为这件事情翻案，

那个兴风作浪的人

将迎来他生命最后的一天；

我痛击大海这风的伙伴

它的巨浪正冲向港湾，

我要投入力量

向海王的夫人开战。

9.

但是我感到

我已经失去了

向击败我的战舰之人讨公道

所需要的劲道，

所有的眼睛

都清楚地看到

愿意帮助衰弱的老者

的人少之又少。

10.

大海无情

把我剥夺得精光，

亲人们的死亡

悲惨地难以言状，

我的家族

我的盾牌

已经退却到

消亡的路上。

11.

我自己明白

在我儿子身上

蕴藏着有用之才

的力量和模样，

待到他长大成人

一定会成为勇士

成就他的将是

战争的臂膀。

12.

父亲的话

他一贯当作最高指示

金口玉言

可世界却打了他的脸。

他支撑着我

护卫着我

借给我力量

他是我的靠山。

13.

我常常觉得

缺少兄弟

尤其当巨人

的腥风刮起，

我思念我的兄弟

在战斗打响后

我四处探看

寻觅。

14.

有一位坚强的勇士

在我身后

在危险中

挺立精神抖擞；

当直面敌手

当朋友们溜走

是我常常需要他的时刻

是我需要极其小心的时候。

15.

要从那些居住

在奥丁智慧树下的人群

找一位可信赖的人

很难，

因为他们思想阴暗

摧毁了亲人

用兄弟的死亡

换取财产。

16.

我常常觉得

当富有者……

（此段没有写完——译者）

17.

有人说

只有再养育

一个后代

才会重现

他儿子的价值所在

因为其他人

会敬重他

如同他失去的男孩。

18.

我不愿意

有他人的陪伴

尽管他们每个人

会与我相处安然；

我妻子的儿子

已经来

奥丁的英烈祠

寻找友谊。

19.

然而大海之王

兴风作浪

他的心神

是我反对的思想。

我无法

抬头仰视

我的脸面直对的域场

我的思想驰骋的地方。

20.

自从

热病

从这个世界

夺走了我儿的生命

我知道

他会躲避羞辱的辞令

躲开

毁誉的言行。

21.

我依然记得那个时刻

奥丁的朋友是如何

将我族亲的

骨灰撒落

将刻有我妻族姓名的

大树

高高举到

上帝的世界里埋没。

22.

我曾与奥丁

这位长矛之王同盟，

在他与我

割袍断义之前

我发誓效忠于他

这位我深信不疑的英雄

这位战车卫士

这位获胜的智多星。

23.

我不崇拜

维利尔的兄弟奥丁，

这位上帝的卫士

尽管我仍渴望，

智慧的朋友

以良好的方式

能让我

治疗我心里的创伤。

24.

他投入战斗

解决了地狱之狼

他赋予我作诗的技能

这无可诋毁的精神，

他赋予我品格

能够揭示

谁阴谋反对我

谁是我真正的敌人。

25.

现在我的生命多灾多难：

死亡，奥丁敌人

的亲密的姐姐

正站在海角：

意志坚定

毫无悔意

我也要高兴地

等待我自己的命运。

　　阿林布约恩先生是埃吉尔的盟友，是他建议埃吉尔写赎命诗的。当埃吉尔在冰岛年老体衰时，他听说阿林布约恩已经回到挪威，而且成为被人们敬重的人物。埃吉尔于是写诗称颂他，并将写好的诗送到了挪威。

阿林布约恩 * 颂

1.

对高尚的人

我要立即称颂。

说起吝啬鬼

我会口舌不清；

对王者的事迹

我要说个不停，

对人们的谎言

我会闭嘴保持安静。

2.

对说谎的人

我满嘴都是讥讽，

我高歌

---

　*　阿林布约恩含有燃烧的炉膛之意——译者。

朋友们的德行；

我到访过

温和国王的朝廷，

带着一位诗人

的天真和感情。

3.

有一次

我把一位

强大的国王激怒

他属于挪威鹰玲皇族；

从黑发上

我大胆地摘帽

尽管他是军阀

我也要探访光顾。

4.

芸芸众生的头上

骑着强权的霸王

他戴着恐吓的头盔

在他的国土上逞强；

在约克

这位国王所统御的人们

的头脑又硬又僵

海岸上的风雨冰凉。

5.

埃里克的眉下

闪烁的光芒

并不意味着安全

恐怖随时会再现；

因为那暴君的双眼

露出了

毒蛇般

可怖的阴险。

6.

我还是冒着风险

把我写给这国王的诗呈献，

诗歌是

奥丁从女巨人房间

艰难获取的蜜酒

正传递到四方八面

把所有人的耳朵

填满。

7.

这蜜酒的奖赏

无人称赞

我的诗歌

在那个豪华的房间

从国王那里接受的

对我的回报

是仍旧把紫貂帽子

戴在我的黑发上面。

8.

我身上的脑袋

还镶嵌着两块

黑色的珠宝

那就是我下垂的眉毛，

还有我的嘴

我跪在国王膝下时

朗诵我的赎命诗

以动人的声调。

9.

那里满是牙齿

我缩回了舌头，

我的双耳

随着声响颤抖；

这天赋获得的奖赏

得天独厚

出名的国王所奖给的黄金

也无法比拟其成就。

10.

在我身边

站立着我忠实的伙伴

任何乐善好施的人

也无法与他比肩

我对他非常信赖

他的每个举动

都会把他的声望增添。

11.

阿林布约恩

人中翘楚

他高高地抬起了我

使我免受国王怒火的惩处：

他是国王的好友，

在统治者的阶下

在满是火药味的殿堂

他说的都是真情实话。

12.

还有……

……台柱，

为我的言行

增光

……

……

……对哈夫丹一脉

是天灾人祸。

（此段诗人没有写完——译者）

13.

对他我若是

不知恩图报

朋友们就会把我

当做贼人嘲笑，

我就不配

拥有奥丁的号角，

我就是有负于褒奖

我就是不守承诺的草包。

14.

我要在何处

对强大的

领袖予以称赞

已经一目了然

在大庭广众

在人们的眼前

展示我的诗歌

经历了多少曲折和苦难。

15.

我所赞美的东西

在我发声的领域

会顺畅无比，

为了朋友

为了索里尔的亲人

我的口舌

所道出的字句

会用两到三倍的力气。

16.

首先要说的是他的姓名——

好多人都知道

人们早已

耳熟能详——

他是那样的慷慨

他总像

桦树所惧怕的

火塘。

17.

所有的人

都惊奇地看到

他是如何满足

富有人的需要；

耕耘之神和分配财富之神

赋予了

他虎背熊腰

和财富的力量。

18.

无穷无尽的财产

流入了

赫罗德家族

被选中的子嗣的手里

他的朋友们骑马

来自遥远的四方

在那里

他们的世界风骤雨狂。

19.

他看上去就是国王

佩戴着齐耳际的皇冠

他掌握着

一条有吸引力的战线，

他一群追随者

热爱上帝的中坚

他们是神圣的朋友

是穷人的靠山。

20.

他的事迹和美名

超过了对大多数人的称赞

尽管有的人

拥有无限的财产；

施舍者的房寓

既少又远

谁又能像他那般

解决每个人的困难。

21.

没有人去看过

阿林布约恩的房间

那里

床上空闲

他要躲开明枪暗箭

辛辣的讥讽连绵

他两手空空

赤手空拳。

22.

那人在峡湾

没有爱只显示他的金钱：

他扔掉的指环

像果汁滴落不断，

向戴着戒指

偷取诗歌蜜酒的人挑战，

他把财富劈成了两半

如刺入的胸针那样危险。

23.

他充裕的生活

的大地

撒下的

是和平的种子。

[……]

24.

如果那位好施的人

把对我的好处

对我的恩情

投入了大海，

投入了我们船只

乘风破浪

航行的途中

则很不公平。

25.

我醒来很早

来堆积我的辞藻；

作为一个讲演的仆人

我完成了上午应写的草稿。

我垒起了一个

赞美的山丘

在诗歌的田野里

它会长期挺立不倒。

格雷蒂尔·奥斯蒙达松

（Grettir Ásmundarson，996—1031 年）

摘自《强人格雷蒂尔萨迦》

格雷蒂尔的曾祖父"三条腿昂纳德"（Onund Tree-leg）第一眼看到位于斯特朗第尔（Strandir）的冷背山（Kaldbak），就决定在那里定居。昂纳德是"冰岛历史上最勇敢、最机敏的独腿人"：

5.

这位长矛手的一生

左右漂泊不定，

他放弃了土地和权柄：

我伤痕累累的战船

像一只驯马在海上航行。

抛下了我的土地和亲人

到此关卡经停：

我把一笔交易艰难地敲定

用土地换取在冷背山度过残生。

在一次饥荒中，一条长须鲸在冷背山附近的里夫斯克海滩搁浅。结果发生了一场争夺鲸鱼的战斗。说到这次事件，下面是一首无名的，多少有些调侃的诗句：

7.

我听说他们打了一场硬仗

里夫斯克海滩上武器作响：

很多人出手，

用的是一块块鲸鱼肉。

斗士们

有失也有得：

他们投掷的是鲸鱼肉。

这只是吵架，不是战斗。

格雷蒂尔第一次出国旅行时，他母亲阿斯蒂斯送给

他一把宝剑。他父亲只送给他一块自家纺的粗布和一些
日用品。很多人都祝他一路平安，少数人祝他平安返回
家乡。

12.

我在大海上扬起风帆！

离家时富人们的送行

并不是一个好的开端。

我要到龙潭里夺金探险。

一位能力超凡

的女人的礼物是宝剑

这证明古人的话——

"对孩子最好的人是母亲"真很灵验。

暴徒、捣蛋鬼斯奈科尔看上了一位农夫的女儿吉里
德，被拒绝后提出要和这位农夫决斗。格雷蒂尔接下了这
个挑战，他划破了斯奈科尔的脸，砍下了他的头颅。在写
给他兄弟索尔斯坦的报告里，他这样说：

29.

我用力踢了出去

斯奈科尔这个挑战之人

感到了他有棱角的盾牌上的压力

我撕破了他的嘴。

尽管他举着盾牌

也挡不住我的打击

我捣烂了他满是牙齿的嘴

从下巴一直劈开到他胸部的脊髓。

　　格雷蒂尔第一次逃亡时化了妆，从农夫斯文那里偷了一匹叫"鞍头"的马；斯文一直在后面追他，在吉尔斯巴基追上了他。两人见面用诗句唱和，结果成为好朋友，并就"鞍头"事件写了以下诙谐的诗句。

36.

农夫斯文唱道：

是谁骑走了我的母马？

占了我的便宜我能得到啥？

谁是这位江洋大盗？

披着蒙头斗篷的人要干嘛？

37.

格雷蒂尔回答：

我骑母马去找格里姆。

他是个小户人家。

我没有什么能对你报答。

让我们做朋友吧。

在他逃亡的第十一个年头，他在北部巴德达尔遇上并杀掉了巨魔女及其"丑陋的情人"。这个巨人生活在一个瀑布后面的山洞里。这个事件很像贝奥武夫与格伦德尔母亲的那场战斗。

58.

我进入了黑色的峡谷

那里剑如雨注

那陡峭的山石

张开了大口和惊愕的双目。

波涛汹涌

在女巨魔的山洞

青春女神

已经把她的恨填满我的心胸。

59.

女巨魔那"丑陋的情人"

出了山洞来到我面前，

开始与我大战

无数个回合，他还算勇敢。

我夺下了他那锋利的长矛

用我的剑把它砍断，

我一时兴起，一番劈砍

开了他的胸他的黑肚皮往外翻。

在他逃亡的第十三个年头，他躲在得让基岛上时，要游四里远到雷可尔去取火种。他到后在热温泉里泡了很长时间，结果在大厅里光着身子睡着了。当一个傻乎乎的女佣看到格雷蒂尔的私处出奇的小的时候，她尖声笑了起来。笑声惊醒了他，于是他采取了下面所说的"行动"，结果那女佣就再也没有讥笑他。

62.

这位乡下姑娘小看咱：

战场上的武士

很少能选择

配得上他毛发森林的长剑。

我敢说我的睾丸

比那些玩长矛者鼓吹的要大两三圈，

尽管他们的轴柄

不比我的短。

63.

那女裁缝坐在房间

她称呼我为短剑；

这女佣大言不惭

说裤子里的家伙没有谎言。

但是我这样的青年

可以发芽在腹沟深处

破土露脸，接着吧

弓褪女神我向你开战。

可能有人施展巫术，也可能是因为自己身上伤口溃烂，格雷蒂尔最后被解决掉了，他在德让基岛上被索尔比约恩·胡克砍头杀掉。下面是他将格雷蒂尔的头颅拿给他母亲阿斯蒂斯看时所念的可怕的诗句。

69.

在岛上

我端着格雷蒂尔贪得无厌的脑袋，

女人被迫

给这个红发人默哀。

在地上你看见

这破坏和平之人的头颅

再也不是女神的黄金，

除非她将其腌泡仓储。

索里尔·约库尔·斯汀芬松

（Þórir Jökull Steinfinnsson，1238 年去世）

索里尔·约库尔·斯汀芬松（þórir Jökull Steinfinns-son）在 1238 年奥利格斯塔迪尔之战后，在被处以死刑前朗读了下面这首诗。斯图拉·索达松（Sturla þórðarson）在《冰岛人萨迦》中这样记载了这首诗：

你要爬上船的龙骨

海浪拍来凄凉痛楚。

你想要横下一条心

这里是你生命终结之处。

不要伤神，任凭雨水

把你的王冠浇注。

你辉煌的日子曾有宫女爱护。

是人就有穷途末路。

科尔本·土马松

（Kolbeinn Tumason，1173—1208 年）

科尔本活着的时候是冰岛有权势的人，他在与教士们的战斗中失去了生命。这些教士不想让俗世的头领们染指他们的独立。在出发参战之前他写了一首圣歌，成为冰岛文学中最古老的圣歌和经典。下面是其三节中的一节。

祈祷文

听，上天的建造人，

这是一位诗人的祷文：

请赐给我

您的慈悲之心。

我向您发誓

是您造就我成人。

我是您的奴仆

您是我的主人。

埃依斯提恩·奥斯格里姆松

(Eysteinn Ásgrímsson，1361 年去世)

埃依斯提恩是冰岛僧侣和吟唱诗人。他所作《百合花》是家喻户晓的杰作，其诗句"每个人都想写'百合花'"，已经成为冰岛人的口头禅。下面是他诗集的第 91 节和第100 节，亦即这首宗教长诗的第一节和最后一节。

《百合花》一诗中的诗句

玛利亚！母亲中最可珍爱的。

玛利亚！你生活得最高尚。

玛利亚！你的慈悲最真切。

玛利亚！你拯救的是罪恶的鞭挞。

玛利亚！很多人都有缺憾。

玛利亚！你看到了泪水和悲痛。

玛利亚！你治愈了病痛。

玛利亚！你治疗伤痛。

[……]

万能的上帝，统御

天使和民族的逆旅，

在任何时间、任何场地，

他把持坚定，毫不迟疑，

他在外，也在里，

他在上下，也在东西，

今后对你的褒奖

来自三位一体真正的上帝。

　　"故事跳跃"是一种传统的民歌，尤其指会引起冲突的事件和情景。其出现的年代不详。但是在将此诗歌形式记录下来之前，从 17 世纪下半叶到 20 世纪，它已经被传唱好几个世纪了。下面是以"故事跳跃"形式传唱的诗歌。

欧拉夫·百合之歌

欧拉夫掠过了悬崖继续前行，

箭支飞驶在天空

他冲入了侏儒的阵中

手中的箭随时待命

骑士的坐骑已被驯服

扬起的鞭子就是命令。
这时一位侏儒姑娘款款而行
她不在基督热爱的人们当中。

又来了第二位姑娘，
捧着银罐表情生动。

第三位姑娘脚步轻盈
一条黄金带系在腰中。

第四位姑娘善于言辞
妙语连珠一声声。

"欢迎你，欧拉夫·百合先生，
和我们住在一起吧，请进入山洞。"

"与侏儒同住非我所能，
信奉基督是我的天命。"

[……]

"如果你不亲吻我们
你无法离开这个山洞。"

欧拉夫靠着马鞍的前穹
亲吻了姑娘表情生硬。

这姑娘把匕首刺进了他的肩胛骨
穿入了他的心脏当中。

[……]

欧拉夫跳上了他信赖的坐骑，
骑回到母亲的家中。

他用手掌拍门
"亲爱的妈妈，快开门！"

[……]

"你脸色惨白发青
是侏儒女人阻断了你的行程？"

"我未能揭开被掩藏的真理，

侏儒女蒙蔽了我的眼睛。"

当阳光把山脉照得红彤彤
欧拉夫丢掉了病痛。

太阳出来群山一片片红
箭支飞驶在空中
欧拉夫再无病痛
手中的箭随时待命，
骑士的坐骑已被驯服
扬起的鞭子就是命令。

特里斯坦之歌

特里斯坦参加过战斗
打的是异教徒狗，
他本身遍布伤口
自他见过这些人
命运注定他们会分手。

[……]

他不接受治愈，
发出誓言响当当：
"除非治疗我的是伊曳德，
这位光彩照人的姑娘。"

[……]

于是特里斯坦派出了手下
和三只战船：
"请告诉光彩照人的伊曳德，
我已受伤情况凄惨。"

"然后按照我的吩咐办
准备她的旅程和船舰，
她所乘坐的船
要用蓝色的风帆。"

通讯员来到她的面前
说出了这样的语言：
"年轻的特里斯坦
希望与你见面。"

伊叟德进入宫殿

来到国王的面前：

"您是否想治愈您的亲人

特里斯坦？"

[……]

"能治愈特里斯坦的伤痛

是好事一件

只要你能平安

回到我的面前。"

"上帝会决定我的返还"，

姑娘的回话很简短，

"旅途漫漫，

我会坚守信仰不变。"

[……]

"按照我的吩咐办

准备我的旅程和船舰，

我所乘坐的船

要用蓝色的风帆。"

[……]

十八个白天和夜晚

一路平安

在海上大风

一直鼓满了风帆。

黑色伊叟德进到屋里

讲出了这样的语言：

"这里停泊的船只

挂的都是黑帆。"

[……]

黑色伊叟德讲出了这样的语言，

她说：

"船上挂的是黑帆

没有蓝帆。"

特里斯坦

转身撞上墙面

他的心脏破裂

三十英里外都能听到他的呐喊。

[……]

光彩照人的伊叟德凝视着岩石
讲出了这样的语言，
"不要让特里斯坦死去
直到我把家归还。"

伊叟德进入教堂
一百多人跟在后面，
牧师们对着他的尸体
所唱的曲子充满哀怨。

伊叟德俯身下看
她如同玫瑰般红艳，
牧师们立在教堂门的两边
蜡烛的光忽明忽暗。

[……]

很多人活在世上
并非如此悲凉凄惨，

伊叟德对着尸体俯下身子

她躺下后气息中断。

[……]

黑色伊叟德讲出了这样的语言，

她发出了誓言：

"如果我的方法灵验，

不许这两个人在死亡中爱恋。"

土撒在他们身上

他们被分别埋掩

在教堂的

两边。

从坟墓里钻出的绿芽尖尖

长成了树丛一片

他们只能在教堂的中间照面

命运决定他们不能结合成伴。

古体民间歌谣

时间飞逝

时间飞逝，它听到我说的话
飞逝中你要确保自己无恙无瑕。
逝者如斯
世界比玻璃还要光滑。

这男孩就得抽打，
把他塞进运煤的麻袋
他就免受风吹雨打
以后他还可以浪迹天涯。

这女孩就得抽打，
让她在粪堆上滚爬，
把她关起来鞭挞
让北风把她吞下。

时间飞逝，它听到我说的话

飞逝中你要确保自己无恙无瑕。

逝者如斯

世界比玻璃还要光滑。

催眠曲

睡吧，睡吧，我的宝贝。

海豹在大海里沉睡，

天鹅睡在浪上，老鼠在岩石下颓萎。

泥土把蚯蚓养肥。

快睡，快睡，我爱你，

快睡，快睡，我的宝贝。

睡吧，睡吧，我的宝贝。

我已经哄着了你的儿子，我的妻，

他这么快就能入睡。

快睡，快睡，我爱你，

快睡，快睡，我的宝贝。

睡吧，睡吧，我的宝贝。

他醒来会强壮健康

事事行善，处处智慧，

他的言行像上帝般璀玮。

快睡，快睡，我爱你，

快睡，快睡，我的宝贝。

命运的漩涡之河

没人能躲过

命运的漩涡之河；

我们在神秘的梦里摸索

在黑暗的路上生活。

我倒霉的灵魂
——耶稣，我至高无上、美丽动人的生命之树

我的灵魂真是倒霉

我感到从来未有过的可怕和紧张

如果无法挽救

我就失去了乐趣和欢快的模样

痛楚难耐，辘辘饥肠——

没有新婚的奖赏

也没有上帝风雅的光芒。

哪里可以躲藏

哪里是自由的天堂

尽管世界授予我

荣誉和避难场

它们无法抚平我的哀伤

它们不过是粉饰了的伪装

落入这样的陷阱就会死亡。

我知道有一种树

根植于高贵的泥土

它枝繁叶茂

它饱满神气十足，

它散枝开叶果实丰富

它的精神

让我的灵魂深有感触。

在它的躯干上

我们看到柑橘枝和藤蔓

还可以看到养眼的棕榈

和纯粹的大型橄榄。

它们的果实足可以藉慰所有的苦难

它们指引的路

虽狭窄却不会伤害人的康健。

这树要大出十二倍

它硕果累累

每个月都结果成堆

它的繁殖力无人能追

它的每片枝叶

都可治愈异教徒的伤悲

神圣的经文誓言可以依偎。

这智慧的橡树

生活成长在两条水路。

这洪水承载着耶稣的精神

变得美丽动人。

两个自然深植你身

你将它们合二而一

它是这么真实高尚清纯。

沉睡的大自然

大自然好像在沉睡，

甜蜜的天鹅静如止水，

草坪上的牛羊麻木得像傀儡

大风冷彻心肺

从北岸一阵狂吹

肥沃的土地苦难在发威，

草木洋溢着绿色

发出了多彩的光辉。

又傻又老的雷文从未打开过一本书

又傻又老的雷文从未打开过一本书

他不屑一顾，连土包子都不如

从一开始他就以傻子自处——

为了演得像，他剪开了自己的长裤。

圣母玛利亚赞歌

在天主教时期，无名氏创作了大量歌颂圣母玛利亚的诗歌，下面是其中三首。

光彩照人的玛利亚

玛利亚，光彩照人

给我们以怜悯，

歌声一阵高过一阵

再没有比你还美的女人；

你是如此光彩绝伦

给我们以道德的心，

亲爱的处女，与我们很近，

当恶魔当道

让我们受累煎熬

你给了我们关照；

啊，无上光荣，闪耀的花朵

我们将编织艺术的一刻

用对你的祷词的祝福

抹去我脸颊上的泪河。

在死亡的苦难来临之前

我们若从高处跌落

将在天堂里发出呼喊，

为每个人都能得到救援；

我们可以作诗来呼唤，

来一次重要的体现；

当血液如浪头般涌现，

勇敢的女王羞红了脸，情况悲惨

她正在分娩

你的子宫的生产

是对我们的救援

是救世界于危难。

前路崎岖艰险，

我们承受着沉重的苦难，

人类的武器同样又利又尖

当死亡的号角连绵，

鸣笛声中我们向前，

向前冲，尽管我们已经步入老年

怒潮滚滚，战斗正酣

智慧已然消减

主人被抛到一边

年迈战胜了这么多青年。

玛利亚，你是上帝的百合花

玛利亚，你是上帝的百合花和火焰

你是荣誉、胜利，你的大名举世称赞

任何人都比不上你影响之深远

尽管所有人的语言

都出自耶稣的规范

对你的尊敬高如云端；

星光点点，毛发耸动、鳞光闪闪，

冰霜、散沙和牛奶纯洁如玉钻，

水滴和眼泪，绒毛和发辫，

鲸鱼、海鱼和海豹对你满口称赞。

玛利亚皇后，你金子般美好和绿色的形象

你可爱的眼里流露出了悲伤

当叛徒剥夺了你儿子生活的时光

我们看到你痛彻心扉的模样；

你的眼神开始温和地端详

看你亲爱的儿子如何受到重创；

你灵魂的血液是如此温良

你的祷告抚平了你儿子悲剧的创伤，

你忍住了悲痛满腔

你的哀伤让他防无可防。

玛利亚皇后，皇冠

让我们记起什么会让你提心吊胆，

当你看到儿子痛苦的熬煎

你悲痛撕裂着你的心肝；

当苦难慢慢地消减，

那就是纯粹的天堂新娘的笑脸。

耶稣的人处处行善

在死亡中新生再现，

悲伤和渴望

在圣女的胸中失去了地盘。

我要赞美她

我要高声地赞美她，

她是最高尚的奇葩，

她就是玛利亚

她身上有上帝的慈悲

她治愈了所有的伤疤。

圣女玛利亚，圣女玛利亚，

你是这般灿烂温暖如家，

男人和上帝都是你的子嗣呀。

你当得起世界上所有的荣誉

人们祝福圣女；

我相信、信任上帝

我还是应该歌唱你，

你当之无愧。

玛利亚，好样的，

玛利亚，好样的，

你温和谦虚

在所有处女中你最光彩艳丽。

玛利亚，你是高德的女皇，

你浑身辉煌

你的祝福像种子一样

播撒给人海茫茫

播撒到所有的大陆上。

玛利亚，玉女

玛利亚，玉女

玛利亚，你是如此的忠贞慈祥

你是所有女人中的凤凰。

我的玛利亚，

多数女人跟你讲了祝福的话。

你的美胜过照耀你的阳光，

让我们高声把你歌唱吧；

你是高贵的玫瑰花

玛利亚，亲爱的

亲爱的玛利亚

快来听我们的祷词：

处女座，光辉无瑕。

埃纳·西古松

（Einar Sigurðsson，1538—1626 年）

埃纳是一位牧师，一位诗人。他写的圣诞节圣歌在冰岛家喻户晓；时至今日冰岛人依旧吟唱他的圣歌。

奇妙的冬夜

冬夜是如此灿烂

全世界都有明月高悬

当一个人身处艰险

他很难明白如何攻克时艰

我唱着催眠曲轻轻地晃着摇篮。

婴儿出生在伯利恒

他治愈了伤痛

他和天使的誓言铮铮

他是救世主真真正正

我唱着催眠曲温柔地把婴儿哄。

牧羊人获得的奖赏很珍贵，

他们发现上帝和人同体，

婴儿躺在低枥

世界的救星将从这低枥升起。

我轻轻地晃着摇篮唱着催眠曲。

赞美吧，光荣属于天王

与天使们一起我们歌唱

和平降临大地我们礼拜在公堂，

所有的人喜气洋洋

我唱着催眠曲把摇篮轻轻晃荡。

欧拉法·荣松

（Ólafur Jónsson，1560—1627 年）

欧拉法是牧师，他在世时就是一位被人们爱戴的诗人。几年前，大家重新发现了他。

我失去的女士如此美丽

（这是一位男士失去他的妻子后写的诗）

我失去了一位非常美丽的女士，我的风俦，

我悲痛的心中对她的情思悠悠，

对她的思念无止无休

——这个悲痛我必须承受。

我放走了这位可爱的朋友

——我失去的女士非常优秀——

除了她这世上没有人可与我为俦

我的心为她喜忧哀愁，

这是他人无法弥补的诅咒

在大地所有的子孙中

——这个悲痛我必须承受。

我的上帝呀，是谁让我难受

——我失去的女士如此优秀，

她天生丽质，万种风流——

悲痛压在我的心头。

我在风霜的伤害里发抖

上帝会用他的爱把霜雪赶走

——这个悲痛我必须承受。

上帝的孩子对季节的祝福

（一首关于夏天的诗）

上帝的孩子们会为这个季节祝福

当耶稣有了地方能够复苏。

这时刻会立即活力十足

——夏天把它最温柔最好的一面显露。

这里聚集着大自然最甜美的事物

耶稣复苏一事已然清清楚楚；

他巨大的双手一扫

地狱般冬季的严酷

——夏天把它最温柔最好的一面显露。

虫鸟动物在狂欢跳舞

与天地一起欢呼

小小的苍蝇也有企图

想乘着天热撼动大树。

——夏天把它最温柔最好的一面显露。

鱼群也不辞辛苦

游到水浅的地方放松筋骨。

小溪和江河里的鳟鱼

正赶往山下的大湖

——夏天把它最温柔最好的一面显露。

享受是我们最珍贵的宝物

是上帝赐予的礼物

若是将他的怜悯变成愤怒

所有这一切又有何好处？

——夏天把它最温柔最好的一面显露。

我听到鸟儿四处飞舞

在天上在江湖

用它们的欢笑把人的烦恼去除

它们真是上帝的琴胡

——夏天把它最温柔最好的一面显露。

男人纯粹的精神是这个样子

（欧拉法·荣松的传记）

人的纯粹的精神总喜欢

用诗歌把上帝称赞。

在他的天赋里有这样的手段

能把痛苦减缓

那是开山凿石的艰难

头上响起来上帝的语言

在那里

——走掉了大脑沉重的负担。

灿烂的创世人，三位一体的上帝，

你向你创造的人提供面包充饥。

没有你人类一片空虚

人类没有形状如果离开你。

你转动了命运的轮子

是居住在这个世界的人

——免于大脑沉重负担的袭击。

我渴望你永远把我们拯救

让死前我忠实的眼变成闪光的双眸。

千万别拒绝我的要求

或推迟对我的援救，

啊，慈父，我的船只有赖于您的双手

我的渡船

将驶向祖国的渡口

——在那里大脑沉重的负担就会溜走。

我不再生气，恢复了平静。

慈悲的上帝，请让我依凭

你的怜悯是我的支撑，

我渴望你的宽容，

那些人无法

与你神圣的战线相逢

离去是他们的行径。

——大脑里的负担依旧沉重。

我想这样终结我的歌颂，

希望你永远被人们崇敬。

对我你能永远慈悲宽宏

尽管救世主满身伤痛。

最后的时刻很快响起脚步声

睡眠就要降临

让我在你身边长眠不醒。

——大脑沉重的负担曾在此处经停。

II 学习和启蒙的时代

（17 世纪和 18 世纪）

在冰岛一些家族的势力不断扩张，而动乱的13世纪和斯图伦斯（家族）时代则见证了愈演愈烈的家族间仇恨和家族战争。这种混乱导致挪威在1262—1264年间获得了对冰岛的统治权，同时也使独立的共同体联邦寿终正寝。14世纪末丹麦控制了挪威，也同时控制了冰岛。哥本哈根变成了冰岛的文化、旅游、学习深造和知识传播中心。当时的教育主要在斯考尔霍特（Skalhot）和霍拉（Holar）的教会学校进行的。尽管冰岛是一个保守、传统的农业社会，冰岛人却一向渴望并欢迎国外的思想和发明创造。

宗教改革之后的两个世纪并称为学习的时代，文艺复兴的思想逐渐从欧洲大陆传了过来。这段时间里，凡欧洲重要的文化运动和流行的内容在冰岛都可以得到体现，例如哈特尔格里姆·皮特松依旧畅销的冰岛文《炽烈的圣歌》（部分原因是死人下葬时要埋一本此诗集）里虔诚的、形而上的诗歌，以及司提凡·欧拉夫松的巴洛克式的田园诗，与哈特尔格里姆一样，司提凡也在哥本哈根完成了学业。当北欧开始意识到冰岛古老的口头文学和学识有待开发时，司提凡为丹麦学者欧尔·沃姆（Ole Worm）将斯诺里的《散文埃达》译成了拉丁文。比雅尼·基宿拉松的作品是以关于大自然的新原则和思想为基础的。他对地形

的探讨，他诗中对大自然、景致和天气的描述一直是冰岛
在广泛的欧洲运动中结交伙伴时所秉持的原则。

为了收集关于自然现象、地理、资源和文化的科学
情况，埃格特·欧拉夫松和比雅尼·保尔松在 18 世纪 50
年代中期环游了冰岛；同时，埃格特还用古希腊文、拉丁
文和古冰岛语创作了诗歌。

1783—1784 年位于冰岛南部的拉基环形山火山爆发，
造成了一场大灾难，冰岛人口的四分之一死于这场灾难。
其火山灰甚至飘到了中国这么远的地方。它在欧洲也引起
了饥荒和艰难的时期，甚至引起了法国革命的爆发。

由于冰岛人民对文学和传统的兴趣广泛，在现实生
活里，每个人，无论是否接受过正规的教育，都积极地参
加文化活动和文学运动。冰岛在任何时间里都不会孤立于
欧洲大陆和英国（形而上、新经典主义、巴洛克、洛可可
和浪漫主义等）的活动之外。在埃格特根据启蒙运动的原
则创作诗歌时，古怪的劳特拉·比约格正在写她关于大自
然、地名和地平线的非同一般的诗作；而荣·索拉可松则
刚刚开始他诗人和翻译家的生涯。大家都记得是他将挪威
诗人克里斯蒂安·图伦、亚历山大·珀普的《关于人》和
约翰·弥尔顿的《失去的天堂》以"古文字韵调"译成了
冰岛语，他翻译的还有弗里德里希·克劳普斯托克的《救

世主》。所有这些活动都是以无处不在的冰岛民歌和萨迦独特的写作方法中的前韵、韵调和重音形式为基础的。

19 世纪初叶出现了新的声音，那就是比雅尼·梢拉仁森首先将欧洲的浪漫主义带到了冰岛。他是一位爱国人士、理想主义的守护者、美学现实主义者和民族主义者。正是由于民族主义浪漫的烈火导致了 1904 年丹麦授予冰岛地方自治的权利。当 1944 年纳粹德国占领了丹麦时，冰岛议会宣布冰岛完全独立。

哈特尔格里姆·皮特松

（Hállgrímur Pétursson，1614—1674 年）

哈特尔格里姆是一位牧师、一位卓越的宗教诗人。他最知名的作品《炽烈的圣歌》诗集收录了 50 首狂热地歌唱耶稣的诗。其中"歌唱旅行"写的是他身体康复后对上帝的感谢，一首对儿童的劝慰诗也选录在后。

歌唱旅行

我开始旅行，

以基督的名义，

您神圣的手

牵引我消除了所有的疑虑。

基督，您注意着我，我看到了天使的美丽。

在母亲的大地

受到您文雅高尚的护理

您给我以甜蜜的运气

驱除掉我每个畏惧的心理。

基督，您注意着我，我看到了天使的美丽。

[……]

遇到灾难时我为减少伤害而努力

你是我的向导，我选择了你，

我的每一步你都注意

我的每一个行动都在您的保护圈里。

基督，您注意着我，我看到了天使的美丽。

当蓝色的海浪涌起

船只被裹在浪里

您伸出了右手给了我们定力

为保护我们您发出了神力。

基督，您注意着我，我看到了天使的美丽。

[……]

当威胁我生命的潮水退去

让我回家见到了你

我美丽的祖国呀

我所有的畏惧都被驱离。

我的灵魂，赞美万能的上帝吧

我的灵魂，赞美万能的上帝

从欢快的心里说出的甜言蜜语，

为你所有的日子表达谢意

感谢永远在世的上帝

他给我们以生命、健康和力气，

他帮助我们是多么风雅和慈悲，

他赶走了苦难

将痛苦驱离

你得到的是幸福无比。

忠实真心地伺候你的双亲

忠实真心地伺候你的双亲

好事就会降临。

不要对他们发火

孩子，你就是一个孝子贤孙。

司提凡·欧拉夫松

（Stefán Ólafsson，1619—1688 年）

在斯考尔霍特的教会学校毕业后，司提凡到哥本哈根做了欧尔·沃姆的学生。他所做的事情之一是将斯诺里的《散文埃达》译成了拉丁文。同时将欧洲体的诗歌——巴洛克诗歌和田园诗歌带到冰岛。

对世界的讥讽

年龄是个怪东西

好人自己

最怕的是上年纪；

当丑恶盛行

我亲眼看到

它们是如何恶极穷凶。

[……]

所以这个世界就是丑恶当道

凡按上帝的话生活的人

得不到关照，

还是效忠上帝吧，

把魔鬼的王国推倒；

把它们像狗一样掷抛。

我认识那位无与伦比的女士

我认识

一位女士无与伦比，

她燃起了爱的火焰

点燃

我的心我的心田，

我把自己点燃；

在我发出的光亮中

她离去找到一个新的家园。

现在我的思绪游离到天边，

她永远也不会成为我的侪伴。

[……]

我的双眼

审视过很多婵娟

在过去在从前

可是

没有一个可与她比肩

在所有的方面

她的一双小脚

她的纤手她的笑脸

现在我的思绪游离到天边

那一刻她的离去成了我的遗憾。

风总是摧毁橡树

男人不见得每次

都愿意出发踏上蓝色的海洋

他们会提心吊胆

躲着巨浪，

他或许会躺在阴凉

在紧贴着海岸的地方

船上的床在晃动中发出声响。

[……]

风总饶不过橡树

它挺立着的高大的形象；

它倒下了尽管如此高尚

很多小平房却安然无恙；

你挺立在山顶上

刺破云端

但是闪电会击得你遍体鳞伤。

比雅尼·基宿拉松

（Bjarni Gissurarson，1621—1712 年）

比雅尼的诗歌创作中使用了一些当代的体裁。他写的偶发诗和地形诗中含有准确的对大自然和天气的观察。他所写的关于冬天的诗歌具有十足的冰岛风格。他还写有一些格言和摇篮曲。

（摘自）歌唱太阳

最美的景色就是太阳

它刺破苍穹

依然发热发光，

让人们在欢笑中喜气洋洋。

当山峦披着阳光

圣洁的太阳为空气着装，

大地、湖泊和森林斗志昂扬，

满眼都是富丽堂皇。

它发热发光。

上帝的子民愉悦欢唱

目视明媚的前方，

它发热发光，让人们在欢笑中喜气洋洋。

阳光撒在山坡上，

山野和海湾的冰雪消融

代之而来的是狭隘山谷里温暖吉祥，

就像珍贵的礼物无限荣光。

它发热它发光。

像累累的硕果一筐筐

在每个大陆都可品尝。

它发热发光，让人们在欢笑中喜气洋洋。

兽群展示自己的强壮，下垂的枝叶在歌唱

船只张帆远航，百合在荡漾，
所有的人跳跃在陆地和海上
莺歌燕舞欢乐的海洋。

它发热它发光。
所有人都可以见证
大地的气息和温暖的花香。
它发热发光，让人们在欢笑中喜气洋洋。

很快可爱的大地将会退场，
华丽的天空和一座座山梁；
都会掉进宽阔的海洋
尽管甜蜜的太阳还照样发光。

它发热它发光。
无数个生物熙熙攘攘
在每个大陆寻找可以栖身的地方。
它发热发光，让人们在欢笑中喜气洋洋。

保尔·维达林

（Páll Vídalín，1667—1727年）

保尔·维达林最早在斯考尔霍特的教会学校当校长，后来又当了州长和律师。他和阿尼·马格努松被派到冰岛进行人口调查，并列出了一个拥有土地的人的名单（1702—1712）。他用拉丁语和冰岛语写的诗歌出类拔萃，充满智慧。

爱神

真爱仍旧滋润心田，

炽爱仍像燃烧的火焰，

爱的光热可以燎原，

星星火火未阑珊，

年轻的女士结侣伴，

心心相印情义缠绵，

姑娘长成把主妇的架子端，

男人仍愿品尝女人的爱恋。

劳特拉·比约格

（Látra-Björg，比约格·恩纳斯多蒂尔
Björg Einarsdóttir，1716—1784 年）

她生活在北方边远的海湾，从未婚配。她出海捕鱼，
干过很多男人的活计，被视为古怪的假男人。她后来抛家
舍业，四处流浪，去世时沦为一个乞丐。她的诗写的是大
自然、地平线，暗礁和悬崖等的地名。

无用的农夫和无用的老丑婆

百无一用的农夫和他百无一用的丑婆娘

——经营着一座百无一用的农场

生了一堆百无一用的孩郎

百无一用的工人闲坐着把酒品尝。

百无一用的马匹和百无一用的羊

——百无一用的奶牛把蹄扬。

百无一用的羊倌把牛羊放，

百无一用的羊狗跑断了脊梁。

恩乔斯卡山谷的能人

恩乔斯卡山谷的能人

给我凝乳牛奶知我贫

恩乔斯卡山谷的牛奶很纯

还有一盘盘肉味道香喷喷

从恩乔斯卡山谷的丰富的积存

拿出了肉汤和黄油让我饱餐一顿。

峡湾里

峡湾是如此美丽

救世主给了好天气，

绿色的干草躺在田里，

我们收获牧草和比目鱼。

但是当冬季来到田畦

在地球上

找不到比这里更惨的地域

人兽都会死去。

海浪对着岩石哀号

浪头不停地狂叫

海水打湿了甘草

石头也发出了悲惨的声调。

烟雾盘旋升高，

民族的前景萧条。

有人却挺直了腰

很快风雪就会来到。

埃格特·欧拉夫松

（Eggert Ólafsson，1726—1768 年）

埃格特曾深受启蒙运动思想的影响。

旅游诗

我们跑遍了祖国的山山水水，

见过沼泽、沙漠、火山岩和沙砾，

到过冰川、大河和陡峭的山坡，

窑洞、悬崖、断层和大地的缝隙——

我们的旅行从头到尾惬意顺利。

热爱大自然

大地所能给予的所有恩泽

都在这一个地方汇合：

每个枝头绽放着美丽的花朵，

绿草芬芳是因为大地肥沃，

在山岭在平原石南花婆娑

在湖泊每一步都听到鸟儿放歌。

[……]

潮水退去河里依然泛着清波，

海岸不再潮湿微风已经定格。

动听的是鸟儿的欢歌

（其歌声发自它们被感动的心窝）

我的思绪也已退去，我的精神却高入云朵。

凡我所见都在笔下一一记妥。

蛎鹬和矶鹬发出几声呵呵，

倒不是它们意见相左；

海鸥重复着它欢喜的歌，

它黑背兄弟的歌声像破锣，

矶鹬听到笑呵呵，

蛎鹬听到不停地啰嗦。

它们聚到一起开了伙：

蛎鹬抓起小虫一个，

矶鹬找到海边的美食

它从石头里抓起的东西带着壳，

海鸥张嘴把蜈蚣叼，

嚼着圆鳍鱼的是黑背那家伙。

在这些飞禽真实的天性里

我看到的是喜悦和欢乐；

开饭的时候它们开始吃喝，

它们开宴会时大海没有上锁，

当潮水涌来

它们就会躲进被窝。

它们等到潮水退缩

美味的餐食又摆上了桌，

除了啤酒还有蜜酒可喝，

它们各自风雅的鸣啼像是开锣，

国王们在酒杯和汤勺面前就座

大臣们的声调是如此温和。

充裕的峡谷

听到动静鱼儿游了过来，

农夫的破屋满是尘埃。

夏天就要到来，

无尽的欢乐人们翘首以待。

鸟儿飞进大地的胸怀，

冰雪在各个角落已被化开。

春天室外最可爱，

天气晴朗阳光灿烂和蔼，

母羊咩咩，沼泽的泥泞不再，

鸟儿的歌声响彻云外。

鱼儿都起床了欢乐开怀，

它们出发围着大陆徘徊。

[……]

有人说冰岛的冰

代表了上帝的严酷和无情。

这不是实情！它永远把危险

肃清，对世人祝福不停：

它给我们无限的馈赠，鱼儿保有鲜活的生命

捕获的鱼儿在餐食中至细至精。

海湾赛马

海湾赛马快如闪电，

跨过裂缝勇往直前，

它们跑遍了冰岛的山川，

轻盈的马蹄声响在耳边。

日与夜的不同

日与夜真的不同，

我们唱出了轻柔押韵的歌声：

睡意压低了我们的眉弓，

新郎的话语调轻盈，

他说：有人敲响了睡眠的大钟。

再见，这群可爱的女童！

再见，已经夜深人静！

奖励已握在手中

至少有一点我们想得清，

有人要等很久

才能见到天明。

啊！我的酒瓶女友

啊，我的酒瓶女友！

在失去你之前

很多事情我都能忍受，

冰霜、瘟疫、恐惧和忧愁；

在你的唇上，在你的唇上

在你的唇上，在你的唇上

我能亲个够

经常亲你，你的唇如此温柔，

是我的惊喜，我的劳酬。

我现在虽然有女友

为了她的心我成了她的伴俦

但是我的瓶友

我永远不会像爱你

那样爱这个女友！

你是悍妇把我引诱！

你给我的是酒，酒，酒，

你给我的是酒，酒，酒，

你的酒圣洁明透

是欢笑的艺术画在心头。

但是我的瓶友！

我的思绪不能乱游，

你在我的家里

家里有足够的啤酒；

我现在是一阵旋风

带着我的灵魂出走，

带着我的灵魂出走，

我渴望得到一大碗酒，

我这个人来到了你的家门口。

荣·索拉可松

（Jón Þorláksson，1744—1819 年）

很多人喜欢荣，他发表了不少作品，然而他翻译的作品更有名。他很少出游，他很贫穷，有时连纸张都买不起。

即兴诗

自从我来到人世

贫困已成为我的妻子

我们同舟共济

度过了六十八个春季。

我们以后是否会分离，

只有他知道是谁做了我的娇妻。

（摘自）夏天的潮水已退去

哇，夏天的潮水已退去

夏天的日子灿烂

夏天的花朵鲜艳

艰难的人群曾欢呼在夏天。

[……]

只要上帝让我们活着

我们就要使用活着的日子

歌唱上帝

他的秉性就是给予。

古时候邪恶的罪

我们要用泪水来忏悔，

洗清罪恶要用泪水

上帝才会使我们免受惩罚和鞭笞。

[……]

而现在，夏天的潮水，

分离的歌我们唱给你！

歌曲虽然长，

再来请到我的家里！

比雅尼·梢拉仁森

（Bjarni Thorarensen，1786—1841 年）

比雅尼 19 世纪初所写的爱国诗歌和描写自然的诗歌，是欧洲浪漫主义运动对冰岛的影响的首次体现。

鲍德文·埃纳松

（1833 年 2 月 19 日出生）

说到冰之岛的

不幸

所有的事情都显得沉重！

地下的火

高处的河，

将大片农田毁得七零八落！

冰岛

霜与热是奇怪的组合，

山脉、平原、岩浆、海洋和大河，

当冰川下的火淹没了你的脚踝，

你是如此壮美，你的威严将人震慑！

不惧火焰能让我们强壮；冰霜培养我们坚韧的性格；

山的尽头是奖杯一座座。

我们像胖娃舞剑抬起胳膊，

蓝色的大海呀，是我们的弱点和舛讹。

但是，你要不能保护孩子们免遭邪恶，

如果屡受磨难为了获取道德，

你古老的子宫要退缩，

祖国呀！——你就会在海浪里沉没。

织女星，蓝色的星

虽然织女星闪着蓝光

在我眼里

它没有痛苦的模样，

还有两颗星更漂亮

它们是斯瓦瓦女武神眉下的光芒

离我更近将我照亮。

III　浪漫主义、自然主义和爱国主义

（19 世纪及 20 世纪初叶）

在整个 19 世纪，冰岛从事诗歌创作的地方和个人与国际的诗歌界可谓共荣共存。19 世纪末的标志事件是阿斯恰（Askja）火山的爆发，火山爆发导致连续多年的饥荒、天气变冷，以及冰岛北部和东部人口的锐减。1873—1914 年出现了大规模的移民，很多人移居到美国和加拿大。移民，亦即"西方冰岛人"继续用冰岛文进行诗歌和散文创作。

像水神罗萨、博拉的何雅尔玛、古思尼·荣斯多蒂尔这样的诗人时有饱含浓郁个人情绪的抒情诗问世。这些诗歌植根于民间的传统，同时又受到了浪漫主义的影响，有时近乎于讽刺诗，而对古思尼而言她创作的更多的是悲情诗。19 世纪初叶，冰岛内外对冰岛语和冰岛文学的热情大增。丹麦语言学家、冰岛语专家拉斯穆斯·克里斯蒂安·拉斯克（Rasmus Christian Rask）于 1816 年成立了冰岛文学社（Hið íslenska bókmenntafélag），其宗旨是保护并加强冰岛的语言和文学，同时促进大众教育的发展。文学社在雷克雅未克和哥本哈根都很活跃，它很快演变成一个强大的教育和出版机构。其年刊《光明使者 Skírnir》是北欧最古老的文学杂志，在 1827 年出版了其第一期刊物，时至今日仍在出版。

名为《神话王》的文学期刊的第一期于 1835 年在哥本哈根出版，其目的是在美学方面对国民进行教育。这个

"革命的小册子"在国际上以激进和具有煽动性著称；老派的规矩的作家抱怨这个杂志缺乏对老传统的尊重，他们感到老传统受到了攻击。荣纳斯·哈特乐格里姆松是《神话王》的主笔，他是哥本哈根的一位自然科学家，也是一位热衷于政治和伦理的诗人。

荣·梢罗德森在哥本哈根上学时经常投稿给《神话王》，他深受那时浪漫主义情绪和个人主义的影响。格里马·邵姆森如同很多同时代的人一样，翻译了大量作品，他是当时一位重要的翻译家和诗人；他翻译了歌德的作品，推广了民歌形式。他自己的诗从民谣和萨迦文学中汲取了思想上的营养，同时也颇具欧洲品位。吉司利·布依纽尔夫松一生在哥本哈根大学教授冰岛研究。他曾担任过几年议员。另外一位担任过议员的是农民诗人保尔·欧拉夫松，他的诗讴歌爱情、大自然、夏季和风景，深深地根植于民间诗歌创作的传统。

斯特恩格里玛·梢斯特恩松是冰岛文学社一位积极的成员，他是海涅作品的重要翻译者，如同荣纳斯·哈特乐格里姆松和特涅尔（Tégner）一样，他还翻译了华盛顿·欧文、拜伦、安徒生和莎士比亚等的著作。他自己的诗作极富想象力，比喻生动，与严格的传统的冰岛韵律的要求保持了距离。

水神罗萨

（Vatnsenda-Rósa，罗萨·古德蒙德斯多蒂尔
Rósa Guðmundsdóttir，1795—1855 年）

罗萨是个女魔头，绯闻缠身。她写的诗保存下来的
不多。在她个人诗歌的哀怨声中我们或许可以领略到正在
兴起的浪漫主义运动。

我的双眼和你的眼睛

我的双眼和你的眼睛
多么可爱晶莹。
我的是你的，你是我的金睛，
我的话你能懂。

我见那人好久了

我见那人在很久以前
他是真正的王子好儿男。
他荣誉满身，

无人可与比肩。

我想你哭得累了

我想你哭得好累
脸上挂满泪水。
如果我们从未相会
又会怎样我的宝贝。

温泉也会冷却

温泉也会冷却
赤裸的冰川下藏着一条街，
石头也会讲话语音哽咽……
要我忘掉你，除非天崩地裂。

何雅尔玛·荣松

（Hjálmar Jónsson，1796—1875 年）

这位贫穷的农夫兼诗人的绰号取自他中年生活过的

地方——斯卡加峡湾的博拉农场。他的上乘之作具有创新性，且比喻生动；他也写过一些关于他的邻居和他贫穷的处境的辛辣的诗，他与邻居的关系相当糟糕。

我最后一个傍晚满是灰暗

我最后一个傍晚满是灰暗，
我直面道路的前端；
张开嘴的墓地又冷又宽；
我在希望的盾牌上刻字
等我到了那边再看。

古思尼·荣斯多蒂尔

（Guðný Jónsdóttir，1804—1836 年）

她是牧师的女儿，很有天赋的诗人。23 岁时她嫁给了一位农夫，与他一起搬到了可勒姆伯尔。他们有过四个孩子，其中两位夭折。1835 年她的丈夫提出要离婚，这给她以巨大的伤害。次年 1 月，她因过度忧伤而死。

回忆那些年头

想起在可勒姆伯尔的所有时光
那些日子依旧很敞亮。
一想到这儿，我的双眼泪汪汪
有时我把所有的欢乐掩藏。
亲爱的，你不要胡乱猜想
古思尼对自己的霉运如何思量。

[……]

我记得在可勒姆伯尔美好的时光，
那里的早晨、中午，尤其是晚上，
苍穹闪着亮光
把他撒开的影子幕布紧紧捆绑
所有的地点和所有的舞台都无法抵挡
另一侧太阳的光芒。

[……]

让我再看可勒姆伯尔一眼
其他事物不会进入我的眼帘。
天空上的星星点点

像以前一样推动着四季变换

对单一力量的佐证很是精彩壮观

不管在哪里都能把握命运的方向盘。

上帝记得我，离我很近，

他伸出怜悯的手拯救了我悲痛的心。

他对我的爱永不消退永远不会变成寒雾，

没有什么可以摧毁他对友情的坚韧。

所以，我要活下去，好日子滔滔不尽

尽管别人对我已失去信心。

[……]

我重拾起勇气，尽管有些慢有些晚，

从悲痛里走出来实在很难。

每个早晨我都睁着焦急的双眼

挨过一天算是一天。

夜幕无声无息地垂到我的门前

上帝发明了一种休息的方式是睡眠。

[……]

希望和恐惧轮番来到我的面前

——后者对我的叨扰更勤勉——
我的孩子们能否挣到
一个能陪伴我的地盘？
我这样的担心从未消减
直到我进入天堂极乐的港湾。

我沉思，我哀悼

我沉思，我哀悼
我思念我的好友同道
他生活在绿叶葱葱的峡谷深壕
尽管他爱的人已经香损玉殒
在大山和旷野的西面
他在那里躲开了尘嚣。
当死亡把我征服
很高兴看到你如此乐逍遥。

你这个人好狠心
我未见你一滴泪痕
当你剥夺了我的家庭和我的喜悦
我的心胀痛我开始消沉

由于悲痛，我的话语失掉了声音

与你告别我意切情真，

与你分手我酸楚难忍

至死我会悼念你每一秒每一分。

我痛恨日子如此漫长

其实夜晚更加凄凉，

这世上所有的欢悦已经证明

我的灵魂向往着天堂。

悲痛让我的视力受伤

走路看不清方向，

我还有几步彷徨

我还有几步彷徨

直到我看见光亮。

荣纳斯·哈特乐格里姆松

（Jónas Hallgrímsson，1807—1845 年）

荣纳斯从 1832 年至 1845 年他去世时一直住在哥本哈根。他最初深受欧洲民族浪漫主义和歌唱过去与自然的潮流的影响。作为一名自然科学家，他的足迹遍布冰岛各地，他的诗歌反映出他对自然积极的以及消极的观察。

德让基礁石

海市蜃楼在闪烁迷离
在三英里外的廷达斯托尔
麦利法尔山峰高高耸起
把大半个温柔的峡湾收入眼里。

德让基就从那里的深海升起，
围绕着其峭壁
鸟儿的歌唱飘到云里
鲸鱼喷出的水柱堂皇华丽。

一只孤独的公羊在岛上的脚步迟疑，
来自比亚尔格的伊卢吉
被痛苦压弯了腰一天天长坐不起
他身边的兄弟已奄奄一息。

（摘自）丢失

当海浪永久地

让我父亲闭上了眼睛

我那时还年轻

这对我的打击很沉重；

我依然记得清

这是我第一次在世界上丢失

也是最疼痛

当父亲从我身边消失了踪影。

（摘自）向冰岛致意

你知道我的国家慈眉善目

蓝色的山峰直矗

天鹅欢歌，鳟鱼在河里游凫，

田野里花儿美得令人羡慕，

大海明亮映照着众多的小瀑布，

冰川一袭白色可谓衣冠楚楚——

或许是上帝特意着色抹涂

为每个日子祝福。

调皮的小溪

妈妈，我遇到了不幸，

尽管那不是我的毛病；

您是否见过小溪滑冰

那穿过长满草的水洼里的运动，

那沿着山坡的滑行，

那翻转后的跳动！

请不要害怕，

打这儿起谨言慎行。

小溪在山谷里响起了歌声，

在山坡下面嬉戏不停，

它拥抱了一路喜盈盈

一路蓝黄紫罗兰红。

我收住脚步跳入水中

浪花拍打着我的面容。

小溪调皮把我戏弄！

打这儿起我要谨言慎行。

我的衬裙洁白干净

但是褶边已然湿重；

您可看到听到这小溪的水声，

它调皮得像个精灵——

我忍不住跟他调情

它用水拍打我的面容。

小溪把我戏弄！

打这儿起我要谨言慎行。

小溪在山坡上滑行，

一个姑娘刚踏上一块石头

它扬起水把她戏弄，

这情景看上去还有些庄重！

我今天不会出行，

亲爱的妈妈，我要陪着您在家中！

请不要害怕，

打这儿起我会谨言慎行。

致保尔·盖马德

你站在赫可拉山崇高的峰顶

俯视大地充满温情，

闪亮的河流蜿蜒而行

穿过平原汇入蓝色的海中。

在冰川下面的岩石洞

失去自由的洛基藏着自己的身影——

如果你眼中的冰岛并非如此娉婷

世上哪里有更加壮美的场景？

荣·梢罗德森

（Jón Thoroddsen，1818—1868 年）

人们记得荣，主要是因为他的两部小说：1850 年写的《男孩和女孩》以及 1978 年匿名写的极其浪漫的《男人和女人》。

乌鸦

在寒冷的冬夜

悬崖上的乌鸦蜷身而睡。

在美丽的黎明就又露出光辉

在巨大的岩石下

它就要祸害人类

收回了它冰冻的嘴。

[……]

一只肥羊就卧在它的身旁，
在牧场墙下羊已死亡，
动作疾速猝不可防。
呱，呱，伙伴们快来品尝
呱，呱，盛宴就要开场
餐桌就在冰面上。

催眠曲

一头金发美脸盘
眉清目秀不一般
小手娇嫩目缠绵
西格荣备受称赞。

你成长的一天天
智慧能不断积攒，
世上的丑行恶语
永不把你瑕玷。

你的意志柔软
孩子们都腰软足纤：
上帝呀，上帝
请保护他们免于患难。

睡吧，我的西格荣
睡得又美又甜。
上帝父亲
会给你个美妙的夜晚。

啊，云彩，你变黑了

啊，云彩，你已变黑，
在南面的天际
你的双眉低垂。
一定有事叨扰你的心扉
就像我志乱心疲
我看到你在哭泣。

然而，你运行的轨迹
非常清晰

天堂的大道宽阔无比，

但是在下面

黑暗和各种阻力

挡住我无法前移。

云朵快快离去

离开吧十万火急

把悲痛的道路遗弃，

在大地，

所有舍身犯险的人

会经常泪流滴滴。

格里马·邵姆森

（Grímur Thomsen，1820—1896 年）

格里马是哥本哈根大学文学博士、外交家、农民、议员。

（摘自）匿身者

在深深的海洋

在琥珀殿堂

有人把身形隐藏，

她的琥珀发亮

面纱遮不住她的模样

当海水平静

微波荡漾

她拨动了竖琴

琴弦铿锵。

[……]

然而，当天气转凉

当波涛醒来情绪高昂

当深深的海底发出力量

隐藏着的她

把琴弦拨得更响；

波浪涌动

巨浪发狂

大海被罩上白色的泡沫

大海在咆哮中膨胀。

我似乎听到提琴

被巧妙地奏响

海面上张起了束头的发网，

高山般的巨浪

四处张扬，

可海王的女儿

纤细的小脚

踏在海面上

浪花急忙躲藏。

节奏发出重响

又快又紧张

这是少女的韵律

她踏着侏儒民歌的节拍在歌唱；

海水一浪高过一浪，

神话中世间的蛇

正梳理着海浪的毛发

可船只被拱到了浪尖上。

在海湾的田野上

是堆起柴火

的时光，

藏身的人

在大洋的身旁

在小海湾的臂膀

在白骨堆上

正把歌唱

她的歌里

充满了哀伤。

惊涛骇浪

海浪带来的不只是冲击而已：

它把大地撞击

它的浪头有摧枯拉朽之力，

它把渔民吞噬，

它把渔民吞噬。

浪潮在膨胀中涌起，

一只船回到了故里。

当浪潮的攻击登峰造极

泡沫后面似有一堵墙立起。

九个浪头列队而至

后浪比前浪更雄奇。

海浪带来的不只是冲击，

最终和最糟糕的是

它带来的是破烂的船身和尸体，

破烂的船身和尸体。

（摘自）斯库里警长

巨浪滔天

在隆冬撕裂着冰岛的海岸；

它吞噬了舰船

罪恶的蛇伸出了爪尖。

[……]

帆破绳断，

帆桁和木杆成了一堆破烂。

海水已把船淹

四个船员已被浪头吞咽。

尽管人们很难向上帝呼喊，

有人挤在一起祈祷上天，

船长怒了，他背靠舷墙

顶住了绿色的狂吼的浪尖。

警长斯库里也在这只船，

他多次乘船到哥本哈根的海岸；

这是他第十四次跨洋公干

他的主人就是有桅杆的天鹅船。

[……]

"快钻出被窝"，

警长命令船员：

"不要哀叹抱怨，

地狱里有火煎，尽管现在冰冷奇寒。"

"还是要尝尝海水的苦咸

如果坐在船舱打颤，

到睡觉时你会进入地狱的门槛

别看我们现在还平平安安。"

来自伊斯雅的风刺骨冰寒

这些来自海角的人没有被吓破胆。

他命令一下，全体动员

他们跳起脚，决心一战，

尽管海神的奴仆敲打着船身

他们与海浪搏斗毫不手软。

终于风平浪静

风暴停止了呐喊；

人们最后迎来了平安

港口有地方避难，在那个港湾。

这时斯库里发了言，

"你们可知我为什么穿得如此光鲜

当海浪晃动我们的船

当船身蒙受着苦难。

我想到海上女神衣着体面

她的头巾洁白无斑点；

我们要以礼回还，

我也要用最好的打扮与她见面。

难道我们会在海浪中遇险

我想予以检验，

就算我们的尸体会被冲上岸，

我们也要死得像人，而不是海的鹰犬。"

来自伊斯雅的风刺骨冰寒
这些来自海角的人没有被吓破胆。

醒来

有力量、健壮、意志坚定的人，

在冰岛处处可寻，

他们体魄强决心坚韧，

遇到挑战就会负起责任。

他们蓝色的目光深沉

微笑中满是真心

当温柔的河流汇入大海的胸襟

这些北部海岸上的玄武岩柱石

在静谧中深深地扎根。

尽管无人悲伤

在浪头下面我心安然

在冰冷的海床上

躺着我疲惫的骨干，

光滑的海草在身下铺垫

海浪狂卷

我枕着海浪的石头睡眠。

[……]

尽管无人悼念

没有任何男女

为我的长眠哭喊，

大海仍旧在我的上面

它在黑夜里的重锤

浪头击石的声音是对我发出的哀叹。

吉司利·布依纽尔夫松

（Gísli Brynjúlfsson，1827—1888 年）

吉司利 1848 年至 1849 年间记的日记《霍本日记》，是一份记载冰岛人那时在哥本哈根生活情况的宝贵资料。

岿然面对命运

悬崖宫殿阴森幽暗

大浪滔天

北风吹打着光秃秃的山巅

人们在寒风里抖颤：

沟渠里的水已胀满

我看得好心欢——

当紫罗兰在山谷里凋残

一滴泪流出了我的眼帘。

当翱翔在悬崖的殿堂间

雄鹰的鸣叫在空中回旋

猎鹰在山谷里一飞冲天

听到喃喃声连绵

我欣喜似乎得到了无尽的财产，

这让我的心起了波澜——

然而当红玫瑰变得凋残

我会泪流满面。

面对命运我心安然，

无所谓好运还是霉运连连，

在命运的变换面前

我岿然不动，

我的立场永远坚定如冰川

稳如灰色的大山

冷对风暴和闪电

才是一个男人的风范。

保尔·欧拉夫松

（Páll Ólafsson，1827—1905 年）

他写了很多关于爱情、大自然和夏季的诗，其中有很多首广为流传，至今仍被不断引用。

夏夜

不论是远方还是近邻

有这么多的东西悦目赏心。

西风里飘着温存

草叶的舞动透着天真。

鸟儿高歌入云

夏夜是如此敞亮的光阴。

鸻鸟

鸻鸟把雪送到了家，

这就是它的能耐，同来的还有枯燥的闲暇。

它告诉我杓鹬也快来啦，

峡谷里阳光明媚，草坪上一片绿色的光华。

它告诉我多次失败，

因为我老是睡觉，一事无成，能力很差。

它催我醒来，让我开始吃苦耐劳的生涯

以我灵魂中的希望欢迎夏天的大驾。

外面北风怒吼

外面北风怒吼，

人们在零下十八度里颤抖。

我对暴风雪满腔的怨雠，

我农场的房子竟然也颤个不休。

我虽回家，但是抬不起头来

我虽回家，但是不敢把头抬起，

我的心痛，但是鼓起来勇气。

我把自己喝得麻木，觉得自己说的有理。

我分不清是在白天还是夜里。

到了第二天早晨我的头脑很清晰

话语中带着叹息：

"把你自己喝死是丑闻一起，

你的舌头拖着长音认着死理。

你应该知道你要是这样下去

我可受不起

因为你的所见所闻所论没有逻辑

你的记忆被丢到十万八千里。"

我发誓把我的理智重新唤起

一年里不饮一滴，

但是，我怕遇到不幸，或者悲剧

我会渴望把啤酒含在嘴里。

斯特恩格里玛·梢斯特恩松

（Steingrímur Thorsteinsson，1831—1913 年）

斯特恩格里玛·梢斯特恩松希望能从"更高和更庄严的角度看待生活"。他是一位重要的翻译家，他写有散文诗，对"灵魂独白"这样的诗给予了富有想象力、具有象征性和寓言般的语言的解释。

大洋之岸

我坐在大洋边悬崖的顶端

眼前一片幽暗，

海浪裂岸

发出了低沉的感叹。

海上暗淡，冰雹不断

在闪电中悬崖依稀可见。

夜幕降临，死寂一片

让人感到悲痛凄惨。

啊！大海，你制造的悲剧与你选择的时间

折磨着我的心田，

你抽打悬崖的浪头

在我心中激起了波澜。

你细语的哭诉让人心酸，

你从不让人心安

每滴海水就是一滴苦涩的泪，

每一个浪头就是一生抱怨。

海上行

[……]

生活的船在颠簸，

是上天扬起的清波。

然而，从摇篮到坟墓

人的一生最脆弱。

生活

生活，你是什么，是颜色？

光的色度何其多

在死亡之平静的大海闪烁

而人生的阳光正酣酤。

我们生命中的阳光

你如此温暖公正是为何？

死亡之海，

你为何如此深沉又藏又躲？

夏夜

大海遮住了太阳

挡住了它最远的边际；

所有的一切

都在白夜的平静里休息。

云彩披上了白衣，

把微风从西面卷起，

金色玫瑰色着实绚丽

大海上蓝色充满生机。

海岸沿着港湾

响起了轻微的波澜，

山脉里一切平安，

大地安然温暖；

虽然有鸟儿告别时的呼唤

一切都寂静和缓。

平息了我内心的思绪，

在这天使般夏天的夜晚。

高山

你，蓝色山脉的空间！环绕着明亮的冰川，

在仲夏，我跑进了你的心田，

张开双臂接受我吧，我要唱出我的失落和遗憾

在这夏夜明亮的天鹅湖畔。

[……]

这里有上帝的鼻息，这里我毫无羁绊，

我出生时光明流动如小溪潺潺，

向前，向前，到天火的春天，

把我带到美梦阳光的身边。

quod petis hic est

（拉丁语：你要的东西在这里）

你羡慕的东西离你很远，

你讨厌的东西就在眼前；

但是，要寻找遥远的大陆

是没有意义的荒诞：

因为我们的财富，如果我们的神志健全

就在我们这里，我们身边。

斯奈川冰山

踏过起伏不平的火山岩，

和一个个山丘和峰尖：

北面来的风

吹过了死亡之岸的门槛，

寒冷扑向海岬的石岩。

隔海望到了

高如天堂的斯奈川冰山。

那里是坚韧精神的家园

这王国诞生在很久以前；
侏儒们在寒风里僵硬地站立
他们的身躯化成了石岩。
这块大地上没有几个神仙
但是我知道有一个人
依旧把大洋的宽阔和蓝色俯瞰。

但愿天使保护你

愿天使保护你，我的心肝，
当你闭上美丽的双眼；
夜里在你的床前盘旋，
白色的翅膀轻轻地呼扇。

不，不，我不愿
把你交给天使照看；
因为你自己就如同天使一般
你如此可爱，天使们羞于靠前。

IV　20 世纪之交

（19 世纪末期及 20 世纪初）

这段时间在世界的其他地方是工业化开始显现效果的时候，是启蒙运动带来的科学技术观念开花结果的时候。然而，冰岛所发生的变化却是非常缓慢的。她仍然保持着一个传统、农村和保守的社会。在文学方面则与其他地方不同，在冰岛没有出现大规模、全面的美学运动。各类诗人仍独自进行着创作，他们此时是浪漫，在彼时却又是自然主义的或象征主义的，有时还是现实主义的。这些年冰岛还经历了人口的大变动。最重要的可能是对北美，尤其是加拿大大量的移民。19世纪中叶，连续几个冬天的天气异常，农业的收成非常糟糕，再加上1874年至1876年间阿斯恰火山爆发带来的灾难性后果迫使很多人移民国外。据统计当时有15000人，亦即总人口的五分之一离开了冰岛，再也没有返回。

马蒂埃斯·乔楚姆松（Matthías Jochumsson）提高了很多传统的社会地位。他是冰岛文学社的积极分子，他在哥本哈根就学时就深受丹麦文学评论家乔治·勃兰兑斯（Georg Brandes）的影响。在他看来，生活就是要进步。他翻译了很多文学著作，其中包括瑞典诗人泰格奈尔（Tégner）、拜伦、易卜生和莎士比亚的著作。在职业生涯的一段时间里，他曾狂热地反对自然主义。冰岛文学社另一位活跃的成员是克里斯特阳·荣松·夫耀拉斯考尔德（Kristján Jónsson Fjallaskáld），他的生命如同查特敦和济慈一样短暂。

司提凡·G.司提凡松（Stephan G. Stephansson）可能是最尊贵的多产的"冰岛西部人"。他20岁时离开冰岛，搬迁到美国，然后又去加拿大的阿尔伯塔。他是一位勤劳的农民，没有受过正式的教育。他习惯于在白天漫长的农场劳作后，在夜晚创作诗歌和散文。

欧利娜·安得列斯多蒂尔（Ólina Andrésdóttir）开创了一种叫作"苏乐"（þulur）的诗歌形式。"苏乐"是古老的口头连祷方式，其吟唱中既有幻想、词赋，又有零碎的儿歌及其他口头诗歌。"苏乐"都是由孩子们吟唱的。欧利娜和她的姐妹赫蒂斯于1924年出版了"苏乐"专辑《主题》（Ljóðmæli）。西欧朵拉·索罗德森（Theodóra Thoroddsen）进一步推广了"苏乐"这一形式，并且让这一形式上了广播。冰岛人所喜爱的多产诗人哈尔达，其真名为乌娜·班尼迪克多蒂尔·比雅克林德（Unnur Benediktsdóttir Bjarklind）为"苏乐"的流行找到了新的形式。这三位女性一起在男性占统治地位的文学圈子里成为提高妇女地位的很好的例证。尽管她们的作品在相当长的时间里深受欢迎，但是男性评论家的批判声调往往显得很傲慢。古兹蒙德·芬博加松（Guðmundur Finnbogason）1914年在《光明使者》(Skírnir) 发表文章称"苏乐"是"女性的韵调……它不受法律的约束，因此，是没有分量，是善于变化、反复无常的东西。"西欧朵拉关于妇女是"第二提琴"的说法长期以来在社会上都有反响。哈尔达自己则非常清楚既当诗人又做妇女都给她带来了什么问题。这些早期不满的嘀咕声在 20 世纪后期的几十年里变成了嘹亮的主张批评权平等和性别平等的号召声。

梢斯特恩·厄灵松（Þorsteinn Erlingsson）是颓废的浪漫精神的榜样，他的诗歌极其美妙，具有浓厚的爱国情调。他的诗作已向现实主义迈进。夫奥努尔弗（Fornólfur）和哈尼斯·哈勃斯恩（Hannes Hafstein）深度地参与了 19 世纪末和 20 世纪初令人激动的潜在的社会变动，亦即从丹麦独立、重建自由的冰岛的运动。夫奥努尔弗，也就是荣·梢克尔松（Jón Þorkelsson），这位国家档案馆的保管员成为议会的议员；而哈尼斯则在冰岛于 1904 年获得自我管理的权力后成为冰岛第一位国务卿。

埃纳·本尼迪克松（Einar Benediktsson）坚持了冰岛旅行者（及英雄）的伟大传统，在国内外获得盛誉。由于他在国外的丰富的经历，他的同时代人称他为"瓦兰吉人"。从早期萨迦英雄的时代开始，冰岛人就痴迷于旅游和获取在国外的经历，尤其像《拉克斯峡谷萨迦》(Laxdæla saga）中的可雅坦·欧拉夫松以及其同时期的伟大的皇室诗人，或者荣·欧拉夫松这位 17 世纪 60 年代去印度的旅行家，甚至到 20 世纪的作家如哈特尔多·拉克斯内斯（Halldó Laxness）和索尔·维尔耀尔姆松（Thor Vilhjámsson）等仍对获得国外的经历着迷。

这一时期应关注的其他诗人有荣·晁斯蒂（Jón Trausti），他最早是一位新浪漫主义者，后来变成了一位现实主义的小说家，他出生在最北部的农庄，那里在 19 世纪后期遭到了自然灾害的严重破坏。他的成长过程恰逢阿斯恰火山 1870 年到 1880 年间火山灰漂浮、天气严寒这样自然环境被进一步恶化的日子。他后来以 1780 年爆发的拉卡基加火山为背景创作了一部小说，其中谈到了他对杰出的火的牧师荣·斯特恩格里姆松有名的祷告词和布道讲演的看法，据说荣牧师的祷词一出，熔岩立即停止流动，否则它将毁坏教堂。

约翰·西格荣松（Jóhann Sigurjónsson）是冰岛第一位享有国际声誉的剧作家。他居住在哥本哈根，用冰岛语和丹麦语进行写作。他 1911 年创作的剧作 Fjalla-Eyvindur，1914 年被译为《山风》，获得整个斯堪的纳维亚半岛、西欧各个首都以及纽约的盛赞。他也是一位抒情诗人。

马蒂埃斯·乔楚姆松

（Matthías Jochumsson，1835—1920 年）

　　马蒂埃斯是一位牧师、诗人、剧作家和翻译家。他有着执着的宗教信仰。他对不加批评一味称颂过去的做法深恶痛绝，他认为世界正沿着进步的轨道稳妥地前行。

（摘自）斯卡峡湾

冰雹、德让基礁石、海水没过了双脚！
　　从心底里发出的咆哮
　　发出了闪电般凶猛的长矛。
　　这里曾是格雷蒂尔生活的老巢。
　　英雄充满愤恨的一生
　　已是我们民族的形象符号：
　　那就是凶悍、威武
　　没有幸福，却名声大噪。
　　讲述格雷蒂尔的萨迦，
　　必须永远把伊卢吉讲到。
　　他选择死亡时大笑之后

其他的赞歌便不会比他更美妙。

（摘自）海里的冰

大地古老的宿敌，你来了吗？

你再次是第一个触摸到了河沙

你比张开风帆、太阳和生活的希望都早呀。

你派出的银白的舰队带给我们的是痛苦和伤疤！

地狱是否站在你的船首，

掷出饥饿的盘子把翻滚的海面敲打？

大海冰冷的子宫又胀又麻，

它被束缚着，对与死亡的斗志感到害怕，

长叹一声，内脏已被倒挂，

像女人分娩时痛苦的挣扎。

[……]

海冰，你有一切手段与灵魂拼杀，

包括最无耻的残暴和最肮脏的想法

娇嫩的身体的肌腱和心理受到你的鞭打，

你是苍白的、冻得发僵的以杀人为乐的巨霸，

千年来，你戴着脚铐躲在你的寿衣之下，

你已经吸吮了冰岛的血啦。

你从哪里来？没人知道是什么左右着你的脑瓜，

没人能看透你，只是发现

你在空中悬浮之后

你是个在逃犯，不能随便摸爬。

（摘自）北极光

突然神奇的灯笼

的灯芯爆发出光芒

啊，那是上帝的火把

在空中玩耍。

在辽阔的天际飞腾

跋涉在蓝色的苍穹，

一束束光芒

把整个大地照亮。

人类的口舌

无法说清楚上帝的荣光。

但是我的心闪过一道灵光

神圣的天堂就在我们身旁。

在那里躺着我疲惫的灵魂

生活的港湾是如此明亮，

倏忽之间

我吞下了所有的北极光。

克里斯特阳·荣松·夫耀拉斯考尔德

（Kristján Jónsson Fjallaskáld，1842—1869 年）

克里斯特阳对世俗及精神上的权威均持有怀疑态度。他很敏感，居无定所，深受《世界之痛》（Weltschmertz）一书的折磨。他一生贫困潦倒，情绪从不稳定，饮酒过度。

（摘自）戴提瀑布

那里，在灰色的岩石上，

黄金色的花永远不会向着太阳微笑，

海浪白色的大嘴正把高大的峡谷啃咬，

伸出了凶恶的死亡的魔爪。

在那里，你用冰冷的声音不停地发出咆哮

瀑布呀，我的朋友你是如此的古老！

在你的下面，坚硬的岩石在发着牢骚

像寒夜里风中的片片的小草。

[……]

你让人生畏，你的美丽却

超出了想象，啊，你是瀑布中的英豪。

在被遗弃的悬崖的厅堂

你的气势永远会地动山摇。

时间改变了一切：辛酸的不幸

正把曾经欢快的乳房叨咬。

但是一切又没有改变，你那令人敬畏的波涛

在整条峡谷里横行霸道。

（摘自）阴间之行

峡谷殿堂里的众神瀑布

其轰鸣声传向四处，

群山中你的歌声又沙又粗

你的歌让人胆寒让人发矐。

你要唱的就是乌鸦们

在冰灰的岩石上举行了会务。

秋天

万事永远像河水一样流逝，

年复一年，日复一日，

现在秋天的霜结在门楣，

夏天的热气已销声匿迹。

花朵凋谢，草儿枯萎，

桦树的枝叶漫天翻飞；

海浪拍打着峡湾

发出了死亡般的叹息。

司提凡·G. 司提凡松

（Stephan G. Stephansson，1853—1927 年）

司提凡原名古德蒙德松，他没有接受过正规的教育，一生都是农民。他的诗歌充满现实主义，经常描写贫困潦倒的人们。

轮船到港

我坐在最远的沙滩上，

天暗了下来，我看到船只的景象。

它们有的刚刚到港

不再远航，有的搁浅在沙滩上，

我看到早晨船只现在是这个样。

但是在海上我年轻的意志如钢，

在暴风雪之间我的意志依然昂扬。

（摘自）冰岛人白天的说辞

尽管你曾到过远方，

去过很多大陆和远洋，

你的头脑里，你的心里

记忆着你故乡的模样；

那是火山的亲属和冰冷的海洋！

是秋季和热水池手足般的温情！

是山丘和荒漠的女儿！

是小岛和海湾的儿郎！

在大地或者在天堂

像你的精神要求的那样，

瀑布和山坡

为你将来的土地着装！

在地老天荒的海洋

你的岛屿在张望：

那春天的世界没有夜晚

广阔的田野放着光芒。

这是冰岛的梦乡

你所思所想

无非是悬崖上百花开放，

每一座冰川之盖暖洋洋。

那是火山的亲属和冰冷的海洋！

是秋季和热水池手足般的温情！

是山丘和荒漠的女儿！

是小岛和海湾的儿郎！

（摘自）斯卡加峡湾

规模浩大的霜冻像被冰雕一样

山顶上竖立着的冰凿闪着亮，

摞在一起的悬崖面在山的怀里躺，

峡湾紧闭的大门已被开放。

玄武岩石柱挺立着

排着队站在自己的地方。

大海像往日一样繁忙：

峡湾蓝色的臂膀

沿着崇高的山边伸张，

它碾平了大地，海浪给它开路帮忙。

它把河流拽进了峡湾，

消失在灰色砾石之外的地方。

当海神灵巧的手

忙完了它的行当：

"在所有峡湾里这里最棒"，

天亮时太阳把话讲。

"滋润大地在这里发光

我非常高兴，因为我升起在树木的身旁。"

所有的美食如此静谧、优良——

其中一半是他们以及你的梦想。

那里有其他的事情一桩桩：

另一半是血肉，

用一缕缕闪着阳光的洪水包装，

农村的美，不只如春光一样。

在船上

静谧、宽阔、可爱的美丽蓝色的海洋！

没有一丝风起浪涌的迹象

在太阳的下巴下

你在优雅地退让。

你张开双臂拥抱着地球，

平静的海在阳光下露出了清晰的模样。

你跨过岛屿和港湾

握手欢迎

紧绷着弧形的天堂。

打消热情进行和解的是慈悲的海洋。

在海湾在喧嚣中

在和平的会晤里

三个世界在交流商量。

大海，海滨和大地躺在你的大腿上，

群山对你顶礼膜拜汲汲皇皇，

蓝色的面纱罩在脸上

深谷里响起它们的合唱。

诺娜的手势：一个被诅咒，却不死之人

一

在过去的迷雾里他活得就像一首诗歌，

他没有朋友也没有家庭的巢窠。

年迈成了他的累赘他过的日子太多

当欧拉夫王的朝廷败落。

在这个地球上他的寿命无人超过

可他看上去只有四十多。

他以英雄沃尔松和冠军的气势

在战斗中拼杀，边弹奏竖琴边唱着歌。

在三百年的历史长河

他为著名国家的斗士们光荣地服务过。

他的胜利他受过的折磨

都满满地在记忆里紧锁。

当欧拉夫王的随从说他古老的竖琴是一把烂柯

已发不出声响失去了光泽——

他立即拨响了琴弦，奏出了已逝去的英雄史诗

震耳的高歌。

他积累的岁月的黎明之光辉——

比任何他有生之年看到的财富

都要珍贵。但是其他人

只觉得它新奇令人欣怡。

可他有很多故事，懂得奇迹的奥秘。

他会整夜守着的蜡烛是女巫燃起——

当蜡炬成灰

他会潇洒地向他的坟墓走去。

他住的地方远离祖国和亲戚

他离群索居了二百年的日子

他的故土是丹麦的格拉恩宁（Graening）

但是他客死在挪威，无人能超过他的年岁。

二

我也一样活在诗里

人们对自己的美和荣誉视而不见——

就如同一个人被诅咒的目的不是去死

而是去分享他的竖琴，他的诗歌和故事。

我所积累的岁月的光辉——

比我一生所见的财富要宝贵。

但是现在的年轻人

只觉得它新奇令人欣怡。

不管是光辉还是新奇都很宝贵

它们的价值我同样珍惜，

它们就在我的诗里，

只要我能写诗，只要我的蜡烛不息。

冰岛的雾

你要是驱赶祖国的大雾

那可是既肮脏又可恶——

你不觉得

这是造世主改变了意图？

像你一样，他想给天气

找一个合适的称呼，

可是你既弄脏了太阳

又把雨水玷污。

梢斯特恩·厄灵松

（Þorsteinn Erlingsson，1858—1914 年）

梢斯特恩是一位社会民主党人士，但对社会进步的发展持开放态度。他一直批评冰岛文学和文化生活中的沉寂状态。

（摘自）雪鹀

它歌唱多彩的山谷的美丽：

歌唱自由和平的生活的乐趣，

歌唱六月那温柔轻盈的草的洼地，

歌唱忘记冬天防寒的举措是多么容易，

在那里歌唱让人畅快淋漓

在滋养人的地球的怀里梦想着爱情的甜蜜。

[……]

但是现在，雪鸫，你的歌声遥远听不清晰，

你朋友最美的夏天已经过去；

他渴望着回到梢斯莫克（Þórsmörk）去看你，

他想念诗歌和春夜的缠绵之意——

在森林里他为土地的荒凉而叹息，

他听到外面夜莺颤抖的歌曲。

（摘自）瀑布边上

[……]

你光荣的竖琴，大人们裁决说，

像鱼的分量一样是珍贵的宝藏！

你知道它终究要被出卖——

没有哪个野兽发下的誓愿如此高贵吉祥。

他们称赞"圣神火星"的力量

也表扬人类精神的胆量——

他们看不起宵小之人

也懂得如何获得银两。

他们的爱国主义只关心一件事：

能获得多少财粮？

犹大很久以前用三十个银元所做的事情，

你现在可以挣得上千两。

（摘自）瀑布的声响

乱石岗中响起了大师的乐章

我对这声音的敬畏超过任何事物之上：

侏儒们正高声歌唱，

群山是他们的听众给他们捧场。

欧利娜·安得列斯多蒂尔

（Ólina Andrésdóttir，1858—1935 年）

欧莉娜与她的姐妹赫蒂斯启动并普及了"苏乐"这

一诗歌形式。在《伊尊》（Iðunn）一书中西格瑟·诺达尔
（Sigurður Nordal）说她们姐妹"写的诗听起来像鸟儿在歌
唱……她们没有意识到自己试着进行艺术创作"。

（摘自）南方的男子汉

人们说南方的男子汉

趟海如等闲

至今一点儿没变。

大海的胳膊抬得高拍得狠，

他们知道怎样避险，

如何抵挡如何把空子钻。

他们知道怎样安稳地把住方向盘，

他们勇往直前

任凭巨浪拍打他们的战船。

[……]

从可怕的大海的手里争夺财产，

只有大英雄

才有这样的才干。

只有大英雄才敢把

踏平大海礁到征服周围的险滩

设定为目标一件。

[……]

海上的猎物每个国家都视为其光环，

永远也不能

把海角的男人小看。

谁也不能把冰岛渔民的血液小看

它会像海洋一样把巨浪掀

像火山熔岩一样流窜。

它会像潮水一般泛滥像烈火一般蔓延，

它不在乎巨浪滔天

也不怕风暴狂卷。

夫奥努尔弗

（Fornólfur，荣·梢克尔松

Jón Þorkelsson，1859—1924 年）

夫奥努尔弗是一位学者，国家档案管理员，曾任议
会议员。他写过很多学术著作，1923 年出版过一部诗集。

（摘自）渔歌

从梢镇 * 到塞尔沃格它们汇成了群，

从苏泽尼斯出发是为了把虎鲸平原找寻，

渔船为了找鱼

在冰冷的海浪里游巡；

他们也从鸟镇 ** 出发——

海峡崩得很紧大浪翻滚，

那里有时所有的事物都在旋风中呻吟，

海浪汹涌要把海岸鲸吞。

过了达镇 *** 和斯特镇 ****

船只掉头向这港口前进，

无畏的英雄们兽皮披在身，

船桨在水下使出来全劲，

为船把舵的是位伟人，

他把持着方向毫不含混

尽管风急浪高

---

* 即 Þorláshöfn。

** 即 Eyrar。

*** 即 Dýralón。

**** 即 Stjörnusteinn。

这位快乐的勇士稳稳地前进。

他们从西人岛飞出，

使用秃鹫一样的神桨着陆，

他们离开了满是沙砾的滩涂

驶向了正在膨胀的大海的深处，

浪头像砍来的利剑，所幸木材还禁得住，

桨一直在划，船体完好如初，

粗壮的臂膀摇着船橹，

勇敢地划呀，桨架在咕噜地诉苦。

哈尼斯·哈勃斯特恩

（Hannes Hafstein，1861—1922 年）

哈尼斯既是诗人又是政治家。他是冰岛的第一位国务卿。他在写作中奉行现实主义。他将海涅的 43 首诗译成了冰文。

牛谷的岩浆农庄

"在那里高山

占了峡谷的半边天"，

他在阳光下游玩，

在练习如何拨弄竖琴的琴弦，

凡懂得竖琴这门甜蜜艺术的人

写诗会很柔婉，

心中有诗出口便是诗的语言，

祖国的亲人通常都有这样的才干。

在高山的旁边，

在熔岩的下面，

盛开着紫罗兰

把平坦的田野装扮，

一个农庄面对着空山，

在石树的下面

在大山的面前

乔纳斯出生来到人间。

低洼处和平原都露出了笑脸，

山脉和危岩容光展现。

小溪里的水依然胀满，

河边也露出湿润的容颜。

夏日的阳光
给鳟鱼的河流镀上了金色的光环，
那里的高山
占了峡谷的半边天。

野餐应景诗

吉祥的太阳把万物都照亮
它的亲吻让万物春意荡漾；
就连残冰和绿色的牧场
都在它的拥抱中暖洋洋。

到处都是它炽热的阳光
它留下了一句诗
在残冰和绿色的牧场
活着就是上苍的力量。

驰骋

我骑着骏马
奔向前方。

向着山顶

不可阻挡。

微风亲吻我的脸庞。

飞奔，奔向前方

我的马儿有无穷的力量。

大山好像长了翅膀

正朝着我飞翔。

像刺破天空的箭羽

伴在我宝马的身旁，

我的精神也在腾空上扬

似乎跨越了生活本身

我的一跳犹如一次启航。

乘着我的坐骑

活力在我的血管里激荡！

然而我的心依旧温和谦让！

我的心在笑弄

约束力量的感情竟如此强！

你是这样高贵的动物

我的轻蹄，我的坐骑，我的战将！

它的头颅高昂

目瞪眉张

骄傲地把鬃毛摇晃。

快看吧，

它的鬃毛鼓起了波浪！

平坦的大地把歌唱

那时我轻蹄的拍节在作响。

但是，轻蹄呀，放慢脚步吧，

看看附近是什么模样。

山坡就在前方，

又高又陡等着我们闯。

我们还是先稍作休息

再用你的蹄子敲鼓歌唱

搅动平静的山岗。

（摘自）海洋的冰

[……]

你遇到过海洋的冰吗

在半岛或者朗加内斯

你在甲板上会听到或看见

海冰在吱吱作响中飘远

尽管它的声音不大，

它却能把你时时纠缠

特别是当它在船体外堆成一片

寒气逼得你打颤

盾牌冻在了一起

海冰结成了小山。

[……]

心中的冰要比海冰危险

它冷冻的是履职的决心和意愿

如果一个民族被冻结，就会出现灾难，

人们就看不到太阳或者春天。

但是当暖风发自英雄的神龛

微风送暖

感动到人的心田

精神上的冰被融化

太阳就会再现

虽然它有好多年没有露脸。

（摘自）新世纪之歌

[……]

冰岛，你总有站起来的一天

埋在岁月的深处是你的出生权。

你深藏的能量总会破茧

你成长中多彩的外衣披在你岩石的表面。

总会有大地的伤痕被治愈的一天，

农村会繁荣，旷野变成了农田，

肥沃的土壤里生出的面包孩儿们在收揽，

在新的森林里文化也会灿烂。

我看到车辆和船只在巡游展览，

你的瀑布是这些工具动力的源泉，

机器在飞转，工人们意足心满，

一个自由的民族把自己的事物看管。

西欧多拉·索罗德森

（Theodóra Thoroddsen，1863—1954年）

西欧多拉是一位深受欢迎的儿童诗歌"苏乐"的作者。
她自己有13个孩子。她也创作四行诗和诗歌散文。

（摘自）诗歌选

他们在海边找到了他

在海湾平整的岩石旁。

在海草上行走路很滑，

冰冷的海浪经常光顾把泼撒。

实际上，关于这个孤独的人很少有谁说啥。

他们说他总是坐着等待着啥

在海边巨石的边上坐下

他盯着潮水的深处观察。

没有谁知道他在干嘛。

夜深了，关于这个孤独的人很少有谁说啥。

在黑暗中当海神和仙女

在被冲上岸的人骨上舞蹈戏耍，

不要去踩水流湍急激起的浪花

人们常常还没意识到就被大浪吞下。

那么，当然，关于这个孤独的人很少有谁说啥。

废话连篇

我又好又坏

现在嘟囔我伟大的离去告白。

太阳升起时东方红，

我预测今天会很年轻，

大海会安稳平静。

浪头拥抱着人群

我想这个夜晚会嬉戏动人。

在逝去的这么多世纪的时光

我在深邃蓝色的海洋里彷徨。

我学会了如何把琴弦奏响

当整个夜晚都有阳光

当阳光睡在水的华盖上。

一个男孩哭着坐在海床，

我焐热了他的心让他的情绪飞扬

有好几个小时天才会亮，

鱼儿已被催眠睡得很香。

大海的侍女已经醒来

她们坐在海床上，愤怒满腔，

大海的子民愤怒之下

把我驱除到大地上，

让我在人的世界里寻找我的口粮。

我等待时机躺在碎礁的岩石上

引诱赶海的人把好运碰撞，

我捉住他们，他们毫无设防。

他们甜蜜的午睡让他们吃亏上当，

是我把他们送到了岸上。

最后，我在岩石旁睡下，那是讲故事的地方

当太阳在阵雨间刺探情况：

"我的心并没有游离到远方。"

吟唱

长着金色眉毛的米拉贝尔有太阳符的保佑，

走进了鸟语花香的山沟。

一匹棕色的骏马在等候，
让我们一起驰骋
让我们到山侧
去领略绵羊山的锦绣。

让我们躺在寂静的山洞，
听着珩鸟的歌声。
在山坡上采集草莓
旷野上草莓多如繁星，
但是千万别看石楠花的下面
那里隐藏着大熊。

让我们走到溪谷
尽管是狭窄的道路。
看那瀑布
一块巨石在它下面停仁。

这是敦实的侏儒
生活之处。
他会为你制作出：
一把金色的椅子和其他珍珠

一个项圈和头巾

女孩的银扣和胸花

一副马鞍和一条鞭子

你的坐骑是一副金色的马掌的得主。

玫瑰在沙滩上哭喊，

道路开阔遥远

一路都是沙滩。

有什么比阳光更养眼，

亲爱的请坐在我身边，

很快我要飞到莱茵河畔

为你拿来金色的宝酒一罐罐。

我不在乎别人对我贬低还是褒奖，

我很快要亲吻的不是小伙而是姑娘。

埃纳·本尼迪克松

（Einar Benediktsson，1864—1940 年）

埃纳是一位现实主义者、一位新浪漫主义者，他深信社会将不断进步。他也是一位热情的民族主义、爱国主义者，实现冰岛的工业化是他的理想，从丹麦手里收回格陵兰也是他的理想。

冲浪

海洋冰冷的深处的心跳铿锵有力，
从这心跳声里我得到了力量和平静的心理。
从你短暂、颤抖的浪头里
我听到时间前进的脚步
当浪头拍下时我浑身的血脉偾张青筋鼓起。

我把灵魂交给了统御一切的海洋，
在远方吸吮我生命之溪的是太阳。
我看到了我天空上的幕帘被阳光照亮
我的天空消逝在天际阴影的洞穴里
我的头脑深深地进入了梦乡。

我跳入海里冲浪，却总也回不到岸上
我打起精神来到我回想断开的地方。
我觉得喜欢冰冷的海浪
它是可以数的，可以丈量，

它是海洋永恒的咆哮中的一个声响。

（摘自）海上的雾

寂静的海的原野无比辽阔：

它在一条渡船周围蜷缩，

四周无影无声一片寂寞，

夜幕降临，它被海洋遮挡淹没。

它屏住气息，空气在焦灼。

在大陆的海岸之间

国家千里高速路正在延长展扩。

它像一顶遮影帽，苍穹的周边往上翘

西边的天已被迷雾遮罩。

天被压得很低

迷雾的精灵踏着平静的拍节在海上跨越。

空气和水的女儿脸色发黑

正悄悄地弯腰拥抱并伸出了长臂，

把潮湿的索具和船头抱在怀里。

（摘自）宽阔的大洋

[……]

在欢快的夜晚太阳暂时躲了起来。

从人心或花的根茎的角度生命并没有变老。

大海的平静已蔓延到密封岩和鸟巢，

低垂的光线仍把睡眠中成千双眼睛照耀。

在峡湾一头离群的鲸鱼将永远不会喧闹，

抖动的鱼尾鳞光闪耀。

海浪归于寂静，已在港湾睡着。

在河流涌动的地方有人哼起来歌谣。

时间停止了脚步，伴随着闪动的火苗，

正在把长生不老药寻找。

像孩童在海滩上玩耍时那样高兴或扫兴，

你用力一抓拿到了一只贝壳，

我吞下了你对风暴和大潮涌起的回应，

啊，大海深处是心脏的坟墓，那里在哭泣中变得僵硬。

幻想、沉睡的岛屿和身影

你的任何蜕变都离不开我的路径。

尽管阳光晒亮了你的胸让你气爽神清，

尽管你强迫岩石随你行动，但是没有丝毫的回应，

你罩在表面的薄纱又有何用

它只不过是高深莫测的巨浪把你的心灵撞碰。

（摘自）奥斯比利吉峡谷夏季的晨光

奥斯比利吉，是我们珍贵的大地的骄傲，

它是河流项圈上的珠宝，

亚当曾住过的花园的土地富饶，

美丽的花朵把悬崖缠绕。

它的形状像一个马掌

你的岩石向它露出了欢迎的微笑。

[……]

人们说奥丁曾跨越大海的波涛

骑马闯过了峡湾的岛礁。

他的坐骑是八腿马，正向着太阳奔跑，

它在岛上奋蹄而起，快似狂飙，

它的健蹄在泥土上打敲，

在土壤里留下了深深的记号。

（摘自）斯塔卡泽 * 的独白

家庭和其后人已在慷慨中丢失。

对新老友谊的祝酒不要太轻易。

对关系和恩惠不可深信不疑——

你结交了这个人，其他朋友你会失去。

如果你深思熟虑，温和仁义

满嘴好话——其他人就会退缩迟疑。

嫉妒和情谊是孪生兄弟：

尊重的父母就是恐惧。

[……]

在悲剧世界里小就是大——

好运和霉运都带着伪装的面颊——

没有谁的态度会完全一致

尽管他们都赞美优雅。

要记住这个世界是冷酷的

张狂抬头时正义就会把头低下，

财富只有在上帝的王国里才会结果开花

---

* 北欧神话中的八手巨人。

这句话永不会被赞美，形同一句咒骂。

一个微笑会迎来光明把黑暗驱赶，

如同碗里的一滴花蜜

一句蔑视的话可能关上热情的开关。

灵魂在时处事要小心

毫无目的的一句辛辣的语言

常常会伤到心田。

当唯一的情景无法再现

会留下太多的遗憾。

[……]

水深处空寂一片，

可它被强大的力量监管，

在入海口水流分成两端

——但是死亡时如此的廉价明显。

每一个生命、历史和无穷的时间

都会像小溪一样走过跌宕和艰难。

——永恒才是全部的灿烂。

我们自己的时间只不过是一场梦幻。

（摘自）世纪之交

[……]

我们的岛屿很荒芜，不是丰衣足食之地，

很多地方像沙漠，寒冷死寂。

世纪之光有事业需要开辟——

找到灵药，改造废墟。

我们四周文明的世界里

看不到对我们人口稀少的国度的渴骥，

一个乞丐的财产有何裨益？

不，是财富！十足的财富！

我们需要的是打开金币的钥匙

以便让大山和海岸的大地葱绿碧翠

把山岳和荒野的大门开启，

以显示大地力量的神奇。

这个世纪，冰岛会找到这把钥匙——

得到一种力量带领我们胜利。

（摘自）诗的圆环

[……]

在我离开以后，我行为的一件件

会像一颗种子散在祖国的山川；

我全部的奉献是诗歌一段段

是一片树叶编织到诗歌上的花环。

但是在我内心深处的心弦

它们会跳出来返还，

就如同大海的浪头不断涌现。

荣·晁斯蒂

（Jón Trausti [Guðmundur Magnússon]，
1873—1918 年）

荣是 20 世纪最多产的小说家。他出生在麦尔拉卡斯乐塔（Melrakkaslétta），那里有冰岛最北部的农庄，在他的年代里那个地方冬季严寒，从早期开始就很贫穷。他1918 年死于流感。

（摘自）独在异乡

在无人的山脉里
在迷茫的雾中居住着很多东西；
我心生恐惧
无处逃避。

若只有迷雾还没什么了不起，
问题是要找到路在哪里——
东方充满了恶意
索里斯山谷（Þórisdalur）张着大口喘息。

现在好像有东西拉近了距离
从北方学校那边向我们侵逼。
是不是恶鬼在游弋？
他们在马上正追赶强敌？

雾散了，大地辽阔无际
农庄都看得清晰。
在南面山脉是如此美丽，
其他地方无法与它相比。

刚才虚幻的视野让人无能为力，

刚才被大雾隐藏的东西，

依旧在那里

在身后冰冷的山谷里。

（摘自）赫万达利尔岩石上的女人

赫万达利尔（Hvanndalir）的岩石高大险峻，

那是巨人们的家，他们的庙宇和厅堂

面北的山高耸入云。

这里住的是最威武的巨人。

山里的巨人都丑得让人寒心。

熔岩是他们的臂膀，岩石是他们的头颅。

北风一刮他们就张开了巨大的下巴，

他们张开大嘴，任凭风吹雪打。

他们愚钝的眼睛盯着月光发呆

微笑时脸就会被拉平。

他们拍打嘴唇时山就会颤抖，

人们会听到傻傻的笑声和嘚吧声。

海浪涌来他们就会摇晃。

来自北方的暴风雪刮起他们会欣喜无比。

他们会随着巨人的拍子起舞，唱起强有力的歌曲——

任何人在那天都不要冒险出门。

（摘自）冰岛之歌

我热爱我的国家，

我将把国家建设得发达，

我会做出我的努力，把国家的好运强化。

我要急国家之所需，

我要融入到建设事业里，

我要让她每天都欢欣无比。

她的每个港湾都是我的，

她的每条山谷都是我的，

她的点点滴滴与我都有联系。

她的各种样子我都欢喜，

她的每条船我都欢喜

——船儿张着光辉的风帆在你的港湾里钓鱼。

[……]

亲爱的母亲

我向你袒露我的心田。

做您的儿子我感到荣耀无限。

在我的灵魂里

有您全部的特点。

我所有的优点是您的完美的体现。

约翰·西格荣松

（Jóhann Sigurjónsson，1880—1919 年）

约翰曾在哥本哈根就学，成为一名兽医，直至他决定从事写作事业。他是剧作家、诗人，用冰岛语和丹麦语写作。他在哥本哈根死于肺结核。

思乡

无根的海草总不失闲，

到处漂泊无际无边；

它随着潮湿的风和水流

游动，忽后忽前。

鸟儿在大海上飞跃，

扇动的翅膀里流露出喜悦

——它们消失在天空的蓝色里，

云朵像风一样轻盈迅捷。

海草注视着鸟群

整整一天都伸着忧郁的脖颈。

海草在浪头上休息

太阳下山时它们都变成了血红。

枫树的耳语

在森林里枫树高耸

它在小声

讲着悲惨的事情。

"在我身旁

不久以前

长着短叶的蕨。"

"在早上

它喝下了夜晚的药汤。

享受这中午的日光；

感觉到太阳

和夏天的爱

将会日久天长。"

"然后，秋风沙沙作响

到处都罩上了冰霜，

我枝干脆弱的朋友开始打晃：

太阳背叛了我

它的誓言还在耳边作响。

现在我的好景不长。"

"我笑了

笑它如此幼稚，

把我自己的青春回想。

你的叶子会飘落

在灰色的地上，

但是你的枝干仍会挺着胸膛。"

"夜晚过去了

又见新的一天的曙光，

冰霜把山谷隐藏。

但是我的朋友，

枝干脆弱的朋友，

再也没有露出它的模样。"

一棵模糊的树

低头丧气浑身苦楚，

白天已失去气数。

树叶在泪水里湿漉漉

泪水从冰冷的枝干的眼里流出

树色在泪水里闪忽。

朋友家的窗外

城里宽大的街道陷入一片寂静。

又蓝又白大雪在潮湿的岩石上沉睡不醒，

漆黑的夜卷走了梦中的丝绸床单，

它本来在银盒里比光线更珑玲。

我的双眼闪烁透着清醒，

我的内心深处增加了新的动能，

在谜语苍白的一天事情不再安宁，

紧压着寂静寻找线索和说明。

朋友，你在大窗户旁边睡得沉静，

你在睡眠的金色纽带里回到了青春的场景

在青春中你捧得的收获很沉重。

我头脑里出现了你崇高的棕榈树影，

可以说我自己是一位疲倦的客卿

来自远离生活的被遗弃的白色沙滩的遗炳。

哈尔达

（Hulda，乌娜·班尼迪克多蒂尔·比雅克林德
Unnur Benediktsdóttir Bjarklind，1881—1945 年）

（摘自）没有比我们更好的国家

谁拥有比我们更好的国家

我们有高山、峡谷和黑沙，

北极光是闪亮的哈达，

山坡上有小溪和白桦。

诗歌、光明和祥和的家

通常国家间需要经过战斗才能得到的呀。

当世界被战争颠搭，

上帝呀，我们会保住可贵的国家。

世界上的哪个民族

没有经历过流血和刀光剑影，

却愉快地生活在爱情和誓言之中

其富裕是由于和平？

它拥有热喷泉和清新的海风，

它拥有壮美的冰川和蔚蓝的海湾

它的生活充满智慧和希望

在最遥远的大海的旁边，它的自由有足够的保证。

厄恩·阿纳松

（Örn Arnarson [Magnús Stefánsson]，1884—1942 年）

厄恩·阿纳松在第一次世界大战时迁移到哈部纳夫约泽之前，在西人岛做警长的秘书。搬家后在商店里当雇员。他是一位运动员，足迹遍及冰岛各地。他的诗集名称为《野草》。

人的诞生

在伊甸园上帝遇见

一只猴子跳跃在树木之间，

于是想把他变成人，

一个热爱上帝的人，而且能与邻居相安。

他在那里坐了一百六十万年，

他的眉头浸满了冷汗。

但是那只猴子依旧顽劣野蛮，

它很任性经常搞欺骗。

人性当中猴性占了一半，

他的性格有双重也有三重；

让他变好实在太难。

上帝仍在造人很少耐烦。

（摘自）给加拿大冰岛人的信件

让我们看一眼这片土地

已被最长日和最短日的光线洗涤。

哪里的港湾能比这里美丽，

比这里的农村更让人欣喜？

山上的雪堡的圆顶

——是如此平滑毫无瑕疵。

玄武岩宫殿在蓝色的雾里

它坚实的山形墙傲然挺立。

[……]

但是冰岛还有另一幅面孔

还有另一个面容

与正生长着的树叶上所写的不同

是高山上闪光的浓妆倩影。

它的海岬和港湾有冰墙挡风，

广阔的海洋里都有积冰，

冰霜是雪堆华丽的雍容

看上去比死亡更加凄惨空洞。

[……]

尽管还有人尚能微笑

它依然凄凉、痛苦、残暴。

当我们了解到

贫穷和饥饿会使人弯腰

先人站立起来

他们的勇气让我们欢叫

他们的遗产是吃苦耐劳

在流放中抬起沉重的双脚。

V　现代主义的兴起

（至 20 世纪中叶）

　　诗歌传统在 19 世纪得到了发展，但仍旧深深地植根于冰岛古老的诗歌。其外表的形式特点如押前韵、固定的节奏、押尾韵以及诗句和段落的长短经久不变。老的方法和中世纪的文学是充满想象力的，冰岛的农村社会、爱国主义的情怀这些传统的主题是诗歌所表达的主要内容。20 世纪中叶受欢迎的诗人包括斯诺里·何雅塔松（Snorri Hjartason）、大卫兹·斯蒂凡松（Davið Stefansson）、托马斯·古德蒙松（Tómas Guðmundsson）和约翰纳斯·乌尔·科特拉姆（Jóhannes úr Kötlum）。在 20 世纪五六十年代，斯诺里和约翰纳斯拒绝了诗歌的传统形式；托马斯和大卫兹则保持了他们的保守风格。

　　在 20 世纪中叶，传统诗歌从两个方面受到了挑战。其一，是斯特恩·斯特恩纳（Steinn Steinarr）和荣·厄·沃（Jón Úr Vör）所代表的现代诗歌的挑战。斯特恩反对将占统治地位的模式作为意识形态的前提，他更主张存在主义的思想，尽管他自己声称他遵循了诗歌写作的技术规范。荣也打破了声律的规定，彰显了抒情主义。其二，自 20 世纪 50 年代初期出现了一批诗人，这些人被冠以一个玩世不恭的绰号——"原子诗人"，其中包括斯蒂凡·赫德·格里姆松（Stefán Hörður Grímsson，1920 年出生）、汉尼斯·西格夫松（Hannes Sigfússon，1922 年出生）、西格夫斯·达萨松（Sigfús Daðason, 1928 年出生）。他们最有革命意义的行为是从更现代、更国际的角度介绍了崭新的意象。在今天看来，当时关于他们所写的作品是否是诗歌的激烈的辩论有些过于夸张了。事实上，他们所写的内容无非是军备竞赛，殖民地人民和被压迫人民的命运，以及世界范围内其他形式的不公等。但是，他们运用了很多传统诗歌的手段，当"纯粹"的声律对他们很合适时，他们就采用了这些古老的形式。他们的作品还表现出与民族文化和民族语言之间密切的关系。

20 世纪 50 年代和 60 年代晚期，出现了新一代的诗人，他们进一步改变了语言的状况，改变了诗歌的主题，他们使用了过去被禁止的手段，使词汇和风格发生了变化。这一代诗人有三位突出的代表：哈尼斯·皮特松（Hannes Pétursson，1930 年出生）、玛蒂埃斯·约翰纳森（Matthías Johannessen，1930 年出生）和邵斯特恩·富饶·哈姆里（Þorsteinn frá Hamri，1938 年出生）。尽管他们的诗歌彼此不同，他们的共同点是采用了灵活的诗歌形式，继承以前现代主义者的声律形式，在讨论社会问题时更自如，他们的作品更有城市意味，与以往所表现出的乡村理想与城市威胁之间的传统的紧张关系大相径庭。他们推动了现代诗歌更生活化，生活化最终由他们的下一代诗人实现。这

一时期的诗歌依然继续了对冰岛文学传统的尊敬：即尊重
自然，因自然是实际经验的框架；尊重语言，语言是历史
的基础。

荣·海尔加松

（Jón Helgason，1899—1986 年）

荣是一位学者、诗人和诗歌翻译。他曾任哥本哈根
奥尔尼·马格努松研究院院长。

火车飞驶

火车飞驶快如闪电
像一道白光划破黑暗；
很快你到了另一个地点
离你来处好多英里远。

你想经风雨见世面
新的财富等着你积攒，
如需我的关注我会以礼相见
一切会如从前。

在热血般欲望驱使下你脚步快如飞箭
你的思想闪烁着智慧一往无前；

我的财富只不过是小牛皮上的尘埃

而且在远处很不起眼。

一些全新的事情做起来很难

不断在我的脑子里闪现；

你一时觉得纯粹新鲜

可灰蒙蒙的天气很暗淡。

可是现在不同道路在我们眼前

冰冷的夜光星星点点，

今晚之后

我们不会再见。

在冰冷阴暗的秋天

我的心飘离得很远，

我的想法你再也听不见

无论你在哪里我都会把你思念。

在你所有的时间

你都不会知道我今晚的歌声如何灿烂

几句简单的音律

满是遥远岬角的风范。

当你的记忆和形象

静下心不再耀眼

这首诗

是对我们相遇的怀念。

所有声响的回音都很温暖

我自己会边哼唱边走远；

火车飞驶快如闪电

像一道白光划破黑暗。

在医院里（第二首）

我曾决意要研究

工作中为何

风暴无止无休

大家都巴望的和平已然走丢。

所有我曾在诗歌中担保的

有的很冷漠、卑鄙藏污纳垢，

在这个令人畏惧的夜晚

无法让我在避难时体面地行走。

我经常感觉到两股力量

拉我的劲头脆弱无力，

下坡路虽然省劲

坏事却常常逞强。

如果我侥幸避开了灾殃，

我就能再度把丰盛品尝

我将会行事如以前一样

对此我没有丝毫的彷徨。

我想做闪动的光芒，这是我的理想

像一颗干燥的灯芯发出微弱的亮光，

看上去要熄灭，却又在发亮，

最终还是要熄灭光芒。

啊，这礼物多么高尚

有谁能让这可怜的星光

变成火焰不怕风骤雨狂

在凶残的仇恨中放射光芒。

我这颗经常受伤的心肠

总怀疑上帝是否在场，
期待着我的祈祷能下沉到
深渊的底部那里没有丝毫光芒。
他可能只是一个梦想，
是他们在困境中的构想
是他们痛苦中的希望
希望在无休止的战斗中得到力量。

如果你手中的力量
能左右我，给我影响，
如果你能数出并收藏
我焚烧祭品时掉的眼泪，
那么，上帝，请赐给我
你温暖的光芒
让我的灵魂充满阳光
把黑夜翻滚的大洋照亮。

舞台

差不多两个世纪已经过去
科约乐（Kjölur）高原公路仍有鬼魔出没的痕迹，

在那里一个苦难的结局

正等待着一双兄弟；

影子抬起身在积雪上滑行迅疾

像是在墙上留下鬼影的身躯；

然后有一个鬼影拿着鬃毛做的袋子

消失在阴暗的溪谷里。

苏富勃雅格（Púfubjarg）悬崖亭亭玉立，其形状很清晰，

它被风抽打后有脓肿鼓起。

海浪也在不停地袭击，

在这里从来没有温良的道理。

我们的前辈在岩石最高的边际

练习着他们古老的技艺。

科尔贝因（Kolbeinn）坐在顶峰

用诗歌把魔鬼遮蔽。

[……]

很长时间以来地狱和兽角湾

都让我迷恋；

在那里苦咸的海浪被击碎

在尖尖的岩石上撒了一片。

在赫罗拉瓜（Hrollaugur）山峰可以听到刺耳的呐喊

这声音来自回音山丘那边。

狂野的风暴拍打着岩柱

其声响如同在风琴里被放大到无限。

欧拉夫峡湾（Ólafsfjörður）村山势陡险，

是令人惧怕的悬崖的一半；

它伸出头去把海浪舔舔

海浪在峭壁上被碰得灰头土脸。

红门这名字源自豪尔夫丹（Hálfdan）山，

在山里你可能会迈进门槛：

会看到一位女士有坚定的信念

她深信与巨人的友情牢不可断。

[……]

我看过热带百花鲜艳

它们洋溢着阳光无比温暖；

它们享受着肥料、光线

和其他毫不吝啬的艺术手段。

但是，柠檬草坚硬的穗须

经常在我的梦里出现，

它发芽在卡尔达克维斯尔（Kaldakvísl）冰川河边
小溪从沃纳斯卡斯（Vonarskarð）关口滚落下山。

火流奔涌下山，
受伤的大地火星四溅。
火光像长龙一样展现
火山口像吊灯般喷发着火焰。
山峰步履蹒跚，
大地之基在呻吟声声凄惨
正通过拉基火山
清理自己沙哑的喉管。

[……]

哈特勒多尔·吉尔延·拉克斯尼斯

（Halldór Kiljan Laxness，1902—1998 年）

拉克斯尼斯是小说家、文论家、剧作家、诗人和翻译。他于 1955 年荣获诺贝尔文学奖。

更光明的日子就要来了

满园花色更光明的日子就要来了，
那是漫长让人喜爱的夏日时刻。

在草地上嬉戏在野地里奔跑是多么快活，
小孩子喜欢这么做。

小马驹奋蹄鸟儿高歌成堆结伙，
只有奶牛把整个世界掌握。

大森林

在桦木林里能看到风铃草。
神圣的北半球是我的老巢！
大森林就在那里，这地点你决定不了。
你这位年轻的朋友穿上了崭新的衣袍，
作为大西洋之冠他永久的地位不动摇，
他决心再现一次圣诞节的热闹，
他飞到东部的低地像天使般美妙
在河畔香气平静地梦幻般地缠绕

从不摆出正经的面貌：

——他让你试试鞋子是否合脚。

啊，这个家伙真能讨好，

你绿色的树木会唱歌能思考。

他曾在国外的城市里误入歧途

在很多丑陋的酒吧里他敬酒无数，

他曾被心事压得很凄楚

——他笑得多心里却很苦——

他曾站在广场上发呆发木，

到了大森林他变成了诗人灿烂夺目。

我曾爱上遥远地方的一位处女，

她是尼罗河畔一只飞鸽一具没有灵魂的身躯，

我的国人认为那里最好的水果

是那片土地上生产的香烟。

自那以后我只为精神活着

那成了我河流里唯一的一只鳄鱼。

从那以后盒子里的骨灰就是我的过去，

我的将来是北半球的颂歌一曲。

就像邮递员邮包里的信函尚未投递

我想到地狱之路也想到天意。

我的微笑像是瓶装的烈酒

亲爱的祖国，请接受和平就如我所期许。

我祈祷时心中怀着对上帝的恐惧

草地上旋花遍地；

百花中它最中我意

——山谷里饥饿的羊羔把它吮吸。

在格里姆斯塔泽（Grímsstaðir）邮递员过了夜，

那里的夏夜漫长且光亮无比。

末日来临

我们的末日来临

从天上来到源津。

一旦到来

就不会再次现身。

阳光充沛的山顶失去了娇嫩，

天高云朵无痕：

我吻别你，

我最亲爱的人。

命里注定我们要离要分。
分手时，无语无声音。
一旦去世
生命中没有返魂。

高速路上

我们的生命是在高速路上行驶
各个国家的高楼和宫殿在我们眼前飞逝。
你充满阳光的日子很快就会完毕，
夏日已道晚安吻别然后告辞。

那曾给你运气和财富的宫殿
曾有歌声，曾在傍晚有玫瑰香味弥漫，
大堂里布艺鲜红铺着地毯
——它们被秋天的一场大火席卷。

你冲洗了杂物，那是昨日承继人所扔，
啊，万能的耶稣和精灵，

你拒绝了我的弟兄，那四处游走的英雄，

我们的宫殿被付之一炬，你也没有了踪影。

明天都是哎灰烬，哎呦，

啊哈哎呦，那就

迪迪，阿门，又低洼又远呦

嚓嚓哒哒擦，塔塔啧啧哎呦。

森林的青年

我梦见我在森林里行走，就像去年我和朋友在森林里行走；我独自一人站在小溪边。这时来了森林青年，他手里拿着一条嫩枝，穿的是树枝编织的衣衫。他跑到小溪边，向小溪鞠躬，用双手捧起了溪水，把水扔到空中，说：

嘿！

这是珍珠、珠宝

多好玩，多奇妙

在阳光下嬉闹

在森林里奔跑！

是谁进了森林，

亲吻了海葵，然后大笑，

海葵呀海葵

开始哭闹

你是如此娇小。

来吧，你这娇小

来吧，小宝宝

在这森林里

快向君王示好！

她说：好不害臊。

他说：田凫鸭，

幼嫩的池中草，

白百合，

沼泽里的鹬子，

我小溪旁金色的萤火虫，

我来这里观看你们

黑日从丹麦过来

从麦多克（Médoc）来这儿

来看你

黑日也从麦多克过来

丹麦的黑日来
黑日来黑日来麦多克的黑日来
进入你的怀，你的怀——

她说：我永远不会屈服于你!

他说：哦，我非常了解你
　　　知道你又矮又低
　　　你小得出奇，
　　　因为我是扎菲尔
　　　来自阿哈拉比的萨哈拉
　　　我是阿布哈里亚的萨卜哈
　　　我无所不晓，
　　　从阿布哈里到萨布哈里
　　　到阿拉比的萨哈比
　　　我什么事情都知道
　　　都知晓。

她说：你什么都不知道，不知晓。

他向春天哈腰，看到了波纹里反射的影像。

白天就要过去

天色开始暗淡，

风神眯起了睡眼，

残阳照在山谷间。

白日的喧嚣

到了傍晚

归于寂寥

叙事诗的音调

随着攀升的火苗

已经云散冰消。

他向我伸出了手，指着太阳唱道：

嗨，我是森林

我是森林本身：

早上的森林露水霓霓

露水晶莹大地披金戴银；

我是中午的森林，

画眉的歌声犹如竖琴；

我是傍晚唠叨的森林，

暮色里的树木

在白雾中湮沦；

在预言家身着绿衣的月份

女神的梦中尽是五素三荤，

真可谓在异教徒的土地上

满足一颗神圣的欲望之心。

那个野兽在我的树荫下把自己喝醉了。

我是秋天森林里的百色交响乐

快看，我的树叶在飘落

它们在大地上堕落

然后亡魂失魄

被捕鸟人的皮靴践踏折磨。

白色树枝是雄鹰的栖所。

女巫的狗在我蜡黄色用树枝做的假发里嗅闻。

我似乎开始哭泣，然后我从梦中醒来。

古斯蒙德·博得瓦松

（Guðmundur Böðvarsson，1904—1974 年）

古斯蒙德是农民，出版过 10 部诗集，1 部小说和 3 本短篇小说。他将但丁《神曲》的一些片段译成了冰岛文。

可爱的春天

我仍记得我小时候的第一个信念，

当我看到暴风雪把农场吹得天昏地暗

当它把我地上的玫瑰冻得很悲惨，

就好像目前，从冰块变成白雪片片，

从冰冻变成白雪皑皑的冬天。

哦，你的草地依旧葱绿你的土壤仍然柔软，

你每一粒土壤都放射着温柔的蓝，

为了感激，我的祈祷为你默念

你，我的家园，

你，我祖国的蓝天。

哦，多么慈悲，复活节和圣诞

为了他，他将决定我们的未来是否美满

我坐在你的居所沐浴着你的阳光的温暖

在这个夏日的白天，

又一个白天。

白马

当牧马人摔下了马

他心中混乱有些害怕，

他误入歧途

沙漠里黑夜的影子正吓唬他。

有人唱起了悲惨的歌，

像是秋风萧瑟

在没有任何踪迹的高原

人们已经完成了最后的搜索。

当牧马人摔下了马

他的心中满是悔恨

似乎发亮的鬃毛

再也不会

在空中晃动，

似乎那独特的嘶鸣

再也不会

在春天明亮的夜色里

把沉睡的人唤醒。

他的心情很沉重

他看了看他坐骑混沌的双眼

好像古老山路上的岩石

再也不会

在马蹄下把火点燃，

似乎

在肥沃的牧羊的草原

再也难现

一望无际的安澜。

把我的马具和马鞍

都投入火中

把它们点燃

它们是我家庭传世的物件，

一条破旧古老的毛毯

——马具和马鞍又算什么

他再也不会

从种马里把马驹挑选，

或骑上千里马

跨越侏儒满是桦木香气的国土

在集训日的早晨

与太阳约会见面。

哈特勒多拉·比阳松

（Halldóra B. Björnsson，1907—1968 年）

哈特勒多拉是一位诗人和翻译家。她多年来一直从事在议会的工作。根据她女儿提供的情况，她可能是冰岛最早翻译中国古代诗歌的译者。编译者至少见到她 19 首译成冰文的诗篇，其中包括李白、杜甫、王维、柳宗元的诗，其中还有根据老子、庄子和汉武帝的话语译成的诗句。这些译作目前收藏在科波沃市一家图书馆里，非常珍贵。

我的诗歌

我们会等待

急速奔跑的人们

他们像风一样急奔

头也不回——永不调头回身

他们不顾一切，只是前进

当他们跑完一轮

我们就在那里

我们待的地方没有移动半分半寸。

是谁点燃了火绒

把冷水灌到大锅中

那些知道如何暂停

在长途跋涉后

有办法喝水进行补充。

根本不会耽误行程。

太阳的光线

照在荒野和沙漠

没有人懂得

它像其他事物一样少不得

它会把地球的能量展扩。

所有的事情都不错

可能是一条船回港了

满载着花朵

刚从天涯海角走过

有朋自远方来

一首诗正在琢磨

一本书还没被读过

山外有山，大地连绵

小溪的河床上许愿石在沉眠

它闪烁着像孩童的双眼

农村人们的欢迎热情温暖

夜晚人们的梦很香甜

梦到的事物一件件

只要你仍怀有企盼

这就是一种美满。

斯特恩·斯特恩纳

（Steinn Steinarr [Aðalsteinn Kristmundsson]，
1908—1958 年）

在斯特恩生活的年代，他是最有影响的诗人。关于诗歌的创作是应该严格遵守音律、押前韵、押韵脚的规定，还是应该表现更自由些的冲突，他支持后者，尽管他自己也严格地按传统的方法创作了相当数量的诗篇，其表现可谓得心应手。

关于春天的旧诗

啊，我的心，请慢慢地跳
不要害怕这黑暗时刻的煎熬。
春天的太阳和阳光
会再次向你报到。
在已逝去人的墓地
有红色玫瑰的香味环绕
来取代弱者和穷人
的辛劳。

在漫长的白日
步行在充满阳光和春色的小道
令人感到很美妙
天气温暖晴好。
在古老大地上生长的小草
会在牧场和树篱之间把头冒。

那些喜欢过你的人

会真心地把你拥抱。

星期三

星期三，生活一如从前，

就像上帝自己原先想象的一般。

你觉得奇怪，但事实上事情一直没有改变，

事情一直如此，今天也没有任何变换。

你四处溜达，一幅昨日的嘴脸，

今日获胜的英雄，没有把你的便宜占。

今早他们正拍卖属于一个人的财产

这个人欠债不还——付出一些代价很自然。

人们轮流赚钱，也轮流着赔钱，

钱倒是借到了但是没人替他还钱。

柏油马路上人群的吵闹已能听得见，

大家都知道广场上出售有关文件已有进展。

星期三，生活一如从前，

谁都无法延长或保留这一天。
昨天一个婴儿降生在日光大院，
商人佩特松的下葬就在今天。

新手的历史

一个人正在徒步旅行
路上一块石头正在滚动。
石头滚动个不停，
你没有听到任何动静？

七千年后
出现了一个星星侯
他娶了个女人为侣俦，
可是这女人没活太久。

七千年后
出现了一个佳佳傧
关于这个人
只字都没给后人留。

又一个七千年后
你来到这里露头。

两层的木房

在一个两层的木房里
一个披着围巾的女人对信仰坚定不移。
至于她是怎样一个女人
我才懒得搭理。

我才不去搭理
灵魂最后在哪里栖息。
在一个两层的木房里
出现什么好事都不稀奇。

你还不到二十岁
你还没有信仰，谢天谢地，
你不停地跟我讲你的道理
说你对我如何专一。

然而不管是精神还是肉体：

我所说过的所有发烫的祈语，

其实我都不真的在意

如果我的所愿在别人身上成为实际。

荣·厄·沃

（Jón Úr Vör，1917—2000 年）

他当过编辑，卖过二手书，曾任科帕沃市手稿馆馆长，出版过 7 本诗集。

女人

一个女人，她的围裙下

藏着装有牛奶的罐子正去邻居家

她的孩子正生病哪。

一个女人，黄昏时偷偷地把

一只刚逮着的鸟，或者几条鱼虾

塞进到邻居女人的窗下

如果有人去过峡湾把鱼打。

一个女人，让她的孩子们去说：

"我想

你已经好多了，

可以给我母亲

半杯咖啡喝。"

一个女人，第二天为了

鸡，或者孩子们

激烈地争论。

这样的女人是好人。

武装的和平

一门破旧的大炮

在被野草遮盖着的城堡

它的炮筒指着蓝天

眼睛里满是空凹——

有一只鸟

正搭起它第一个老巢

它找到的地方

就是那宽大的炮筒哟。

夏夜

当寂静代替了傍晚竖琴激发的热烈气氛

当蓝色深渊映射出大山的暮色

夜晚却永远不会来临

爱情正跨越的海面上无风无尘，

一位年轻的女人在长满海草的港湾等人

听着桨和橹划动的声音。

绒鸭把头埋在翅膀下酣睡

太阳乘机在大洋上作福作威

——吵醒了海鸥燕鸥一大堆

一只船又要起锚把大海探窥

粗壮的大手紧握着木桨划水。

桨片像白色的翅膀亲吻着峡湾。

巨浪被潮水涌着无法向前。

然后早晨来了，又有家务事要办

不能有片刻清闲。

雅科比纳·西格达多蒂尔

（Jakobína Sigurðardóttir，1918—1994 年）

她毕业于雷克雅未克师范学院，却嫁给了冰岛北方
的一位农民，其余生都在农场里生活工作。她写过小说、
短篇小说，也创作过诗歌。

（摘自）1943 年穿越豪斯川迪尔

这里每一个农场很快会被遗弃。

孩子们已长大成人

过去他们用骨头和贝壳做游戏

这里的颜色单调除了春草和雪堆；

他们看过巨浪在岩石上溅起的浪花

他们曾在碎石和沙子地上滚爬，

然而春日风平浪静时

他们也会抱着小船玩耍。

几代人都在这里繁衍

赤裸着身躯在贫瘠的土地上忍受饥寒

年轻人从这里出发跨越无路的沙漠和荒山

尽管希望很渺茫可怜

有时迷路的人

为后来人作了记号立了标杆。

然而英雄的理想很少被追览

这些理想从未受到表彰礼赞。

[……]

很快他们都消失得无影无踪

光临过这里的人们的脚步已模糊不清

——他们知道如何在海上结冰和艰难的气候里

让收获和春意的醇香稠浓。

半大不小的孩童曾挤在破屋子里懵懵懂懂

此时却向快速的现代冲锋，

留给他们的是一场空

那贫瘠的土地曾系着生命的心声。

要把这个地方留给永远打不破的寂静

残垣断壁已无人记得清

神秘的记忆里出现的是那些不愿继承

这土地的人们的坟墓轮廓不清，

柔软的苔藓把自己包裹成圆形

旅行者走的路出现在记忆中，

在无人居住的海角大浪汹涌

海浪里响起的是不是永恒的忧思和被遗弃的悲鸣？

（摘自）四个名字

镀金的快乐的日子快速流向

上帝的海洋。

沉闷的多舛的夜晚慢慢地漂向

同一个海洋。

在生命的拂晓年轻人的血管流淌

着的血液滚烫。

一对夫妇的遗骨已被遗忘

它平静地把它培养成一堆土壤。

[……]

时光在黑暗中把痛苦的音符

编织成冰岛之歌。

在堆着遇难的船只岸上大海在呻吟

巨浪把这呻吟深深地吸进了它的胃肠。

在被众人踩踏的道上

绿草把他温柔的拥抱献上。

我们的先人的坟墓如此荒凉

正在把苦难的过去悄声地回想。

[……]

清晨每支颂歌在歌唱

我们的家乡的土地闪闪发光。

竖琴弹出了苦难和悲凉

声声高出自酸苦的心肠。

歌声在清楚地回响

慈悲的歌曲在飞扬。

他们手握手意志坚强

祝福我们幸福好运流长。

（摘自）黑暗城堡

黑暗城堡——黑暗的石头。

在你的名下有神秘和魔力兜售。

我知道冬夜里有鬼怪行走

在星光下的雪堆上作秀。

但是今夜生活里的胜利精神

要把魅力表现个够，

有光线精灵这舞蹈着的朋友

在桦树叶上押韵的诗句一篓篓

在荒野的浅滩和岩石上

空中的影子是游戏里的玩偶。

在山洞深处冬天的老鬼

把他的目光投

向白色的魔力做着鬼脸

与裂缝里的积雪尽情戏游。

夏日的赞歌已经写就

里面有愤怒的语调，有喜悦和哀愁

有哭泣，有对死亡的恐惧，有生的理想的丰厚：

黑暗城堡，你是第一个却留在了最后。

（摘自）为何逗留，兄弟？

你为何逗留，兄弟？山顶上阳光普照。

光焰是从泪水中升高。

耻辱在我血液中燃烧。你知道他的名号。

他背叛了国家和他的亲朋好友。

你明白我的意思，连土地和石头都在喊叫。

请记住那判决书上粗鲁的辞藻。

这一地点必须涂抹掉，因为我们的孩子正在长高。

这起起伏伏的大地将属于他们，我们的英少。

[……]

你不能让我失望，兄弟，这一天就要过去

关键的时刻就要来临

未来需要你僵硬冰冷的手无情

地敲打你的生命。

然后，我想看到所有的债你都还清

你的土地重又变得神圣，

在荒野沙滩和岩石中

我们的孩子们不会因我们这一代脸红。

汉尼斯·西格夫松

（Hannes Sigfússon，1922—1997 年）

汉尼斯是一位现代主义诗人、翻译家，在挪威生活多年，在那里当过图书管理员。他对年轻的"原子诗人"颇有影响力。

女神

（献给古斯尼 Guðný）

爱因斯坦说
以光的速度走路的人
不会变老。

五十年之后
我再见到了你
你没有任何变好的痕迹。

我喘不过气
上了世俗灰色的年纪

你容光焕发

洋溢着天堂给你的荣誉

温柔的上帝

给你披上永恒的外衣

任时光流逝

（你生活在不朽里）

你答应

给我一些期许

——在我离去之前的某个时机。

揭示

是百里香！

好似岩石的血在淌……

可它是一种草，芳香异常

它属于被子植物

说话时双唇开张

道出内心的凄凉。

西格夫斯·达萨松

（Sigfús Daðason，1928—1997 年）

达萨松曾在巴黎索邦神学院学习拉丁语和文学，是冰岛 20 世纪最有影响的诗人之一，是现代主义的先锋。他是文化评论杂志《母语和文化》（Tímarit Máls og Menningar）的编辑，也是一位出版人。

三件事

我不懂得源头

我不懂得爱情

我不懂得死亡

这三件事

我实在不敢当。

（摘自）双手和语言

沙漠、大洋和丛林

极地、海床和平流层：

当这些地方印上了你的足迹

它们会带给你复杂的真理，高妙且深邃，

但是这个真理

这个尺度

这个财富

就不是"真理、尺度和财富"。

维尔伯格·达格比雅特斯多蒂尔

（Vilborg Dagbjartsdóttir，1930 年出生）

　　她是一位现代主义诗人，当过老师，是活跃的女权主义者。她就妇女的生活条件、社会公平问题写过讽刺文章。她还创作过儿童文学，也翻译过诗歌。

蜡烛台（之三）

我母亲的手指

很奇妙

能在沼泽地里摘到棉草

我奶奶肿胀有关节炎的手

很神奇

可以拨转灯芯

我的祖父那叫个能

他会做铁灯笼

我叔伯们是全面手

他们会熬出鱼油

那些能熬过黑暗的人

很了不起

一棵细小的灯芯

发出的光亮真是神

它是北极黑夜里

一束忽闪细小的光晕。

冬天

当晨星就要离去

月亮还挂在那里。

太阳隔着高山

向月儿

挥动了一下

云纱

月儿忘记

将夜帽脱下。

晨霜

在窗子上编织

的玫瑰织锦闪着光芒。

月亮之歌

当我洗好了碗盘

当我扔掉了垃圾

当我擦好了厨房的地板

当我给走廊打好蜡

当我用完了吸尘器

当我清除了灰尘

当我清洗干净

当我做完了活计

我会到阳台上

当着月亮的面

挥舞刷子

因为没有女人

拿着清洁袋被派到这里

还没有呢

短歌之思

1.

夜里的紫罗兰

在傍晚的微风里

神奇地悄悄地散发着香气

我打开了窗户

深深地优雅地吸了口气

2.

我早上采摘的

晚夏的花朵

让我想起秋天里

花儿失去了颜色

就如同你灰色的头发满脑壳

3.

秋天来了

你为何要离去

为何此时

树木在恐惧中战栗

夜色是如此的迷离

4.

塔台

向飞机

发出了微弱的着陆的信号

飞机俯冲进

漆黑的夜里

梦想

　　这里就是一块地，一个岬角。地的一头有一条路，沿着东边的海岸延伸。一块断崖陡然而立（不管是在睡梦里还是清醒时，我都未见过这样一块土疙瘩）。我一直往北而行，一面是大海，另一面是悬崖。这时我看到有人从远处朝我走来。等他靠近时，我看到这个人很魁梧，身着一件短外衣，头上一顶黑帽子，帽沿下垂，挡住了半边脸。

道很窄，我们走近擦肩而过时，我好像被电着了一般，我认出了那人是谁。我向他喊了一声，觉得有好多话要跟他说。

他停下脚步，回过头来，在他的帽沿下面我认出了那双眼，那燃烧着欲望的眼。

此时，我意识到哪怕是奥丁，他跟女人打交道时只有一个动机。我，认为自己是诗人的我，正挣扎着从睡眠中醒来，力图回到行走的状态——结果我的灵魂被愤怒燃烧起来。

当我……

当我早上
站在镜子面前
我想到
你曾摸着我的头发说：
你拢得真利落。

就这样我觉得
我的日子很快活

尽管

永恒且无边的大海

横在我们中间。

上班老婆的晨祷
（几句老套的话）

五点

他六点要到机场

递给他衬衣

递给他袜子

给他

搭把手

别忘了戴帽子，斯德哥尔摩很冷

别忘了戴手套，哥本哈根天气潮湿

别忘了穿大衣

别忘了

你要

记得拿护照

记得拿旅行箱

不要忘记

忘记……

七点
儿子要起床
　吃鳕鱼鱼油
　喝粥
　拢头发
　装书包
　　上学不能迟到
　　不能够
　　不能

八点
把孩子送到幼儿园
　再喝一勺，你会长得又高又壮
　这勺为爸爸喝
　这勺为妈妈喝
　这勺
　这

九点

她自己该上班了

　匆忙中没赶上公交车

　没赶上公共汽车

　没赶上

　商店经理很恼火：

　女人

　　不懂得遵守时间

　　什么都不懂

　　不懂

玛蒂埃斯·约翰纳森

（Matthías Johannessen，1930 年出生）

玛蒂埃斯是诗人、作家、剧作家、记者、学者，《晨报》前主编。他主编《晨报》时，《晨报》是冰岛最受欢迎的报纸。他是一位多产的诗人和作家，已经出版很多诗歌、传记、采访纪要、小说和散文。

棕色眼睛的姑娘

1.

虽然秋霜敲着我的门

冰冷的声音呼唤我这个人

雪会很快遮住我所有的脚印

去年春天的阳光仍然温暖着我的心。

尽管我的祖国无时无刻不受海浪的冲击，

白浪滔天，刺骨的寒风刻下了话语，

没有人听到从天堂高处传来的声息

让我们慢慢返回家乡的呼吁。

然而就像沉郁的峡谷里的阳光

你进入了我生活中黑暗的殿堂。

啊，记忆力，在别人的眼里看不到你的笑容，

你是我的太阳，我是你的背影。

2.

那天的冰冷和荒芜不是梦境

有人敲门在门外等，

那是我的好运，是我的世界的新生

它是白雪皑皑中的春天，是身着黑衣的大地的温情。

那天你多么年轻，闪烁着你棕色的眼睛

似乎是夏天绿色田野里的黎明

我感觉到绿草是对你的爱情。

我是你的诗歌，你是我爱人的倩影。

我很快会变成你的阳光燃烧的光焰

我把自己深深地植入了你的心田。

欢愉

花朵迈着缓慢的脚步来做客

就如同你走在荒野的斜坡

你行进的速度慢如一辆破车

你仰头望着太阳

又把目光转向了牧场

那里有春天和绿草的芳香，

花朵慢慢地离开了荒野

在河的对岸与你一起

张望着山脉挺立的地方

天空辽阔芳香弥漫

想回到夏天和太阳身边

那里有他们的行踪和灰沙的海岸，

花朵迈着缓慢的脚步来做客

在荒野有石楠花还有湖泊

让你满眼都是平和的时刻

微风送你来做客

要你用炽热的欲望去讨生活，

除了与地球交朋友

你什么都没有留

地球用金凤花的微笑在等候

像带着闪光的露水黄色蒲公英

在跟着你走

它们舞动着与其他花朵一起不再逗留。

小画眉

我从你的羽翼下

扫这树叶。

我是风

把你的梦想

带到天空。

我是风

穿行在

没有羽翼的树枝中。

我是风

是你梦中

羽毛轻柔的抖动声。

哈娜

虽然夜很黑了，日光还能窥得见

田野和牧场披上了露水等着与你会面。

灌木丛里你的脚印深陷

一只鸟仍唱着你天堂般的春天。

夜就要走了，太阳带来了温暖，

一只小珩鸟身着棕黑色的打扮

谦虚地得体地给你朗诵诗篇

它叼着稻草就像小孩用贝壳戏玩。

那姑娘曾是你诗歌中最重要的片段

想起她你热血翻滚发出感叹

你想起了从前，她那棕色的双眼

有了她你觉得阳光才如此灿烂。

忆瓦尔胡斯山 *

从一只死狗身上可以看出人的想法

人们扔掉短暂日子时他们的思想也会腐化

狗的牙齿像珍珠洁白无瑕

在瓦尔胡斯山被钉在十字架上受罚

那些代表公共舆论的人

正忙着把血淋淋的钉子往他身上插。

---

* 瓦尔胡斯山是塞尔蒂亚纳内斯（Seltjarnarnes）的一座小山，靠近
雷克雅未克。玛蒂埃斯此诗是对斯特恩·斯特恩纳一首关于耶稣
在瓦尔胡斯山被钉在十字架的诗所做的一种注解，后者的诗结尾
时有一个旁观者问道，"这个人一定是活够了 / 否则为何让自己就
这样被钉在十字架上？"

风俗呀风俗，一只无家可归的蜗牛

在向右倾斜的物件和

哈特乐格里姆教堂塔顶一样的圆顶间

从没有杓鹬和珩鸟的孤独的小山

慢慢地爬行

同时画眉在被遗弃的花园里绿色的鸟巢里

歌唱

猫儿那柔情的眼正好看到画眉抖动着翅膀。

风俗呀风俗，我们依旧找寻过去的时光

那时有孩童时期的芳香，

但是受难日那些累得我们脚发酸的活动一桩桩

复活节强烈的阳光下我们无法大干一场

从腐朽的记忆的缺少生气的片段里

我们看到被碾碎的骨粉

但是，当微风飘扬

把蜗牛黄的草儿摇晃

很在意秋天长满野草的小路上

似乎河流和鸟儿都张开了翅膀

飞向漩涡，飞向就要消失的波浪

你的意识变得很强，似乎你没有忘

时间仍把岁月丈量

让就要逝去的曦微依旧发光。

太阳雄鹿之诗

太阳雄鹿

我看到它的头出现在南边

有两个人牵着它：

它的脚

站在地上

它的角伸到了天上。

（摘自 13 世纪《太阳下山》）

我看到的太阳

是太阳雄鹿

它的角伸到了天上

从打印不久却用旧了的图画上

泉水喷涌

在蓝天上

雄鹰

张开了翅膀

它飞过了大地湖泊和海洋
这是在春季：我们的双眼
想要看到的模样。

当两脚发酸
时间拍打着浪潮
和贝壳
大洋
已经醒来，你
从平静的白色海岸走来
去对付时间和死亡
你去挑战，你已经过来

耶稣，
你走过我们的大地
我们看见
太阳跟着河流
到了沙滩，我们看见
一头雄鹿踏着火山岩
走过田野和牧场，跟着
大地和蓝色

的光线，它的角

伸到天边

在白天

花朵活灵活现

当它走遍大地，鸟儿

在玉米淡色的土地上

歌唱

而我们的语言

比一棵树还要稀罕。

它依旧

伴随着人们和大地，

在太阳雄鹿的春天，它仍

把生命的字句

作为民族的语言，仍

像过去山湖围在眼前

当眼前一片黑暗

当对要离去的人说再见，

你依旧伴随

着人们和大地

太阳雄鹿的春天

就要过完，它的角

伸向了蓝天，在那里

它踏上了一轮新的太阳，

在闪着玉米金黄的田间

一轮新的太阳格外鲜艳。

邵斯特恩·富饶·哈姆里

（Þorsteinn frá Hamri，1938 年出生）

邵斯特恩是诗人、小说、短篇小说和编年史作家。
1992 年获得冰岛文学奖。

岩石

房子的后面

石头睁开了

它古老的瞎眼

满眼的愤懑。

每件事都等着机缘

石头也一样

谁也躲不过那一天

上帝挥出了他的铁拳。

夜晚的山精

我是一块古老的石头，

站在宽广破碎的土地上头

冬天受到暴风雪的洗刷

太阳把我造就

在我僵硬的身躯的旁边

旅行者放松他们的腿和手

焦躁中他们调查研究

我石头巨人般的冰冷的手。

在斯库图尔港湾登记地名

这里矮小的山叫刀子

陡峭的山顶叫贼，

能看见自己的地方叫好东西：

也就是被偷的羊羔子。

今晚绵羊忘记

它的围栏在早餐山谷里。

今晚我被哄着入睡

就在靠着一条叫狼河的小溪。

入睡的海员

我待在一处居所

已记不住待了多久

男人给我拿来武器

女人给我准备了生活的石头。

所有的规矩都已遵守。

沙滩，阳光，微风依旧。

谁在我睡觉时

在黑暗中砍断了泊船的绳索？

我是谁

哪里是我物资丰沛的海岸？

是远还是近，那里混乱呀

是一片血的大洋！

海已被蠕虫感染。

是时候问问题了。

但是已无法回答，因为已经太晚。

英吉比约格·哈拉尔德斯多蒂尔

（Ingibjörg Haraldsdóttir，1942 年出生）

英吉比约格是诗人、翻译家。2002 年获得冰岛文学奖。

草坪上的牛

天静悄悄地亮了

太空送来了微笑

如此熟悉，如此渺小

好像是七个矮人那么小

牧场上正在反刍的奶牛

闭着眼

听我讲述

关于富足美丽的姑娘的寓言

她住的地方山清水秀

那里阳光灿烂

高尚的技艺常常露脸

海里张着风帆

灰色的城堡高如云端

保守着秘密……

奶牛永远是不急不慢。

答案

在山的背面

寂静非常明显

世上还有其他的山

还有其他的鸟儿其他的燕

那里的影子要长得多

那里的石头很柔软。

我说的是真的吗

由你说了算。

寻人

在过去的某一天一位女士
离家出走再也没有返还。
她穿得非常简单，
可眼里燃烧着火焰

她上山而行
消失在诡异的雾里面

她脸上洋溢着青春，
却再也没看见
再也没露面。

十一月的诗

我想我那时
坐得很远，等着
暴风雪过去。

我耳边

响起的是

十月里森林的感叹：

赤裸裸一身黑地站着

一片死寂，没有鸟鸣

寂静穿破了天空

直到有人说了声：

所有的道路从这里出发才行

第二首十一月的诗

知道所有答案的你

在山谷里

异想天开地跳跃

你指向山顶：

在那里

你深信

我们的旅行

会毫无疑问地坚定

你站在被征服的

沼泽之中

你低着头毕恭毕敬

四周寂静无声

第三首十一月的诗

如同丢失了上帝

他从未和我们在一起

如同站起来

在码头

要离去

观看船帆

来来去去

如同丢失

了的东西

无人曾拿在手里

给尔劳格·马格努松

（Geirlaugur Magnússon，1944—2005 年）

给尔劳格是一位诗人、翻译家和教师。

格拉法河

在我们对荒野

丢失的记忆里

一条欢快的小溪

在跳跃在嚎天喊地

一片绿色的拥抱

温暖了小溪，让它变得更美丽

先不要来这里

夏天正迈向这里

苔藓

世上所以有苔藓
是要补偿给

火焰新的暴行
那黑色的贪婪的美景

它跨过了峭壁
要把微笑的绿色吞噬

给恋人们
给双脚酸痛的人们

一丝慰藉

VI 现代主义及未来

（21 世纪初叶）

　　这部分所包括的诗人都出生在第二次世界大战之后，他们成长和写作的世界的表象与冰岛的祖先们所处的世界已截然不同。对他们中的大多数来说，城市生活越来越多地用电子的方式与世界的其他地方联系起来。通过电影以及类似电影的东西，美国及其迪士尼，而不是欧洲（甲壳虫和摇摆舞是明显的例外）成了世界文化的主导。在冷战时期，冰岛的地理位置对东方和西方来说都具有战略意义。尽管冰岛是（有争议的）北约成员国，大家所期待的，是冰岛能变得足够中立，以主办罗纳德·里根与米哈伊尔·戈尔巴乔夫之间关键的、旨在结束冷战的会晤。从 20 世纪 80 年代开始，金融泡沫开始膨胀，这或许会给冰岛带来看上去无法想象的财富。新的楼宇和奢侈品层出不穷。这些实在是令人兴奋的年代。在后现代的世界里，诗歌的国际性不但变得相当明显，而且将会继续保持下去。

西格德·保尔松

（Sigurður Pálsson，1948 年出生）

西格德是诗人、小说家、剧作家和翻译家。2007 年获冰岛文学奖。

我的房子

我的家里几乎

没丢什么东西

几乎没丢东西

烟囱没了

你会适应吗

烟囱的墙体没了

就认了吧

我的房子看上去多舒服

其实

我家里

没丢什么东西

就少了烟囱

它不冒烟了

它的墙体也没了

还留着窗户

和门

请坐

别害怕

咱吃点啥

掰块面包，喷口酒

把炉子点着

看呀

不，欣赏一下这幅画

墙上的画

请吧

进门

或从窗户进去

如果我家不只有墙的话。

冰岛唯一一位国王

鸟儿告诉你道路上的草太高了

野风一吹都变成了草皮

草叶的边都卷了，在废墟上长疯了

这农场早就被遗弃，道路上满是荆棘

鸟儿告诉你我们的道路上盖着草皮

农场废弃了，过去国王就坐在这里

写作；诗歌和萨迦的国王

就在这小小的农场，他们的心胸宽阔浩荡

鸟儿高兴地飞着告诉我们

道路往上走通向前方

时间并没有改变农场的模样，还是那些草皮和墙

这道路就是国王们在皮肤上画出的一道道一行行

丢弃的是农场，丢弃的是风吹过的道路

但是诗和萨迦的道路依旧自由开放。

疯狂的青年

在沙发后面你碾碎面包

把最乐观的花的骨朵掐掉

你胆敢在教堂里又骂又叫

你在牧场上脏话假话一套又一套

你遮住水桶盖子不让把水挑

你用棍子追着小鸡跑

你扔石头到院子里

你冲着狗撒尿

接着你回到屋里亲你的妈妈，然后大笑。

时间流逝

夜晚的天由蓝变黑

房子的外墙是白色的

山墙上的门是用熟铁做的

在空气的嬉闹中

月亮的脸红了

它会离人们这么近吗

当诗歌走过后它收起了踪影

教堂广场的钟指向八点

与往常一般

其实没必要指出这个时间

夜晚在戏弄人间

空气会走远

月亮会下山

人们要歇息了，月色已变蓝

在其他的诗篇

钟表不再动弹

在这首诗里指针还在向前

在这首诗里时间没有偷闲

在这首诗里月亮会下山

夜晚还在嬉戏，很快会漆黑一片

同往常一般

班纳玛德纳村教堂广场

上的钟针不再转

在这个八月的夜晚

魔力舞蹈

是油滑平面的一滴水
还是水的漩涡中的一滴油

在这个魔力舞蹈中
是什么被表现出来？

我迈动了舞步
还是舞步推动了我？

那个跳伞员
是他接近了大地
还是大地接近了他？

是我接近你……
还是你接近我？

还是我接近的
不是别的
而是我对

你的看法？

或者你对我的看法？

我们迈动了舞步

还是舞步推动了我们？

梢阿因·埃尔德阳

（Þórarinn Eldjárn，1949 年出生）

他是诗人，中、短、长篇小说作家和翻译家。他写过几部儿童诗歌集，下面最后两首诗摘自他的第一部儿童诗歌集《挪威王列传》（Heimskringla）。

雨后

马路变成了铺满甘草糖的一条带子

每辆汽车都要舔

喷气机的马达在转

烟囱清理机

把废物吹向空气清新蓝色的天。

蜂蜜和血液

有的诗人

醒来时口中有味

啃着煮老了的鸡蛋，手里拿着报纸

茶里放了蜂蜜

却都喷在洗碗池里

哎呦，咋有血的气味。

别的人

醒来会言语

拼命地向他们的所爱

舒展身体，

让她血流的速度加急：

姆……蜂蜜

你在哪里

我认识一个人，

他醒得早起床早

他一辈子都在寻找

他把白日和夜晚寻找

他查看教堂的地板
他侦查楼宇和街道
他翻看橱柜和箱子
他检查梳妆台、抽屉和金库

在舞厅和酒馆
凡是站立的东西他都验看，
他梳理海滩无论近还是远
他在报纸上仔细阅览。

他在找他自己
一位老妇告诉我。

好与坏

在坚冰覆盖的顶峰撒谎可不妙
那里冷到骨子里，骨头会战栗咯吱吱地叫
人想到的只有：独特，太独特了，
在满是冰的顶峰撒谎出奇地糟糕。

在长满苔藓的地上撒谎实在是妙

仰望天空向四周微笑

人想到的只有：完美，太完美

在长满苔藓的地上撒谎好上加好。

恩纳·玛·古德蒙松

（Einar Már Guðmundsson，1954 年出生）

恩纳是冰岛当代最为杰出的诗人与作家之一。恩纳的作品类型多样，至今已创作了包括长篇小说、短篇小说、诗歌、电影剧本及社评文章在内的多部作品。其作品广受读者欢迎，多数已被翻译成外语，特别是 1993 年出版的北欧理事会文学奖获奖图书《宇宙天使》，作为一部卓越的冰岛当代文学作品，在世界范围内取得了空前的成功。恩纳在国际文坛上亦获奖无数：1988 年获冰岛布勒斯特乐观奖，1995 年获北欧理事会文学奖，1999 年获丹麦学院卡伦布利克森奖章，同年获意大利朱塞佩阿切比文学奖，2010 年获挪威比昂松奖，2012 年获瑞典文学院北欧文学奖。2015 年，恩纳凭借小说《酷暑天》获得冰岛文学奖，2017 年获得人民文学出版社"21 世纪年度最佳外国小说奖（2016）"、邹韬奋年度外国小说奖。

上天的讲坛

不要讨论

大国还是小国，

不要讨论前哨、角落还是边缘。

这是一个地球，其中心

就在你的脚下

它的地点会变，会

跟着你的脚步转。

在这片土地发出了呼吁

它需要宁静和岩石

各个大陆反馈了信息。

看那冰川

如何咚咚地走在一片蓝色里

就像北极熊穿越在这个世界里。

在梦里一扇门开了

黑暗一拥而进
像是睡梦里的泪滴。

在这片土地
时间丢下一滴
就像小孔里塞进来的报纸
但是没有订户
没有空间
只有不见底的深邃
星星闪耀其里。

当我们下沉到
夜晚的泥沼
我们抓住头发把自己提高。

银河
是村子里的一条小道，

命运就是一只网
罩住了村庄
我们干杯

中间隔着深深的大洋。

北极光

在路旁燃烧闪亮。

我期待厚重的情感来袭

有谁能帮我抓住它让它落地？

我想你

我想你

用每分钟 78 转的速度

回顾生活

过去的生活很邋遢

那样的日子不再适合你

就好像那件加厚的外衣显得小了

我们一起荡秋千时你穿的

在棕色糖滴一样的记忆里

我想着你

你是我钦佩的常常是黑色的甘草糖

我们曾玩好莱坞式的沙坑

我们在梦里郑重其事地开着塑料汽车

按牙科候诊室摆放的

花哨的杂志的广告

去往漂亮的家里

那是我曾拥有的

在势力山上的

柑橘别墅

我想你

我们曾一起在沙滩上散步

在一条破船上

在再也开不了的船上

在出海失败了的船上

害羞地看着用过的避孕套

我们都表现得最好

是走私的难民

是长着青春痘的男孩

用不熟练的手

在手淫

只是在精神上

在脏兮兮的木板上

进行了第一次交媾

那是黄色的精神上的避难所

还是绿色的岛屿

那里的寺庙还在等待

很早前离去的和尚归来

他们回不来了

除非有时

他们装成旅游者

我想你

站在公寓楼梯上的你

站在糖果店散发的薄雾里的你

你家的栅栏

再也关不住你

短暂的休息

把我们锁在你的心里

在冬季我们

点燃了冰冷的香烟

糖果店里的你

窗子里肮脏的杂志上

是冷战中的英雄摆着色情的姿势

那锅炉房显得很神奇

我们小心翼翼

不让人听到我们接吻的声息

尽管你我激动得要喊叫不已

我是汉斯，你是我的格雷特尔

巫婆就是楼上的那个婆姨

我想你

我以为你会跟日子开玩笑

没想到后来竟成了真事

你把它们当做歹徒交了出去

隆冬的试卷

像蜘蛛网挂在那里

好像平头脑袋上

系着辫子的绸带

校长的讲话

把你烦透了

你恨不得把时间从汽车上摔出去

事情留到明日去办理

早晚有一天你会滚到车轮下面

我想你

你对自己无情无义

这是你唯一的过错

你脸上有这么多皱纹

你好像在街上做着棉花梦毫无生气

好像一张充气床

被大风丢在角落里

我想你

你在汽车站

脸上满是空寂

你像真理

你像我已深埋的记忆

你指间夹着蓝色的票子

正要去到那里

那里有用过的避孕套

有黄色的避难之地

它们在等着你

生活每分钟转着 16 次的频率

你的梦给你眼下增添了涟漪

你所爱的姑娘

革命就像你爱过的姑娘

你觉得她也把你爱得发狂

你决心一生不会移爱他方

但是有一天她抛弃了你

你陷入了痛苦的深渊失去了生活的力量

现在，很久以后，你觉得她没有可珍爱的地方

你很惊奇你怎会

爱上这样的姑娘。

然而，如果把你吸引到她身旁的磁力

已经不在你的心上

你曾经爱过的人

并不是你所爱的姑娘

那只是一种渴望

只是一种要去征服的力量

你不是去发现

而是去寻找你丢失的东西

是丢弃你已经找到的过往。

你的爱

1.

现在海湾的海水
围着餐桌流。

你的眼
正深潜到海底
海浪在你的
发际涌起，

可爱如明月
纯粹像太阳
你的爱胜过酒的芳香。

现在海湾的海水
围着餐桌流。

但是酒吧空无一物
除了过去造世者
的火焰，

当上帝离别

到空间

他们把酒水

遗弃到一边。

我希望

繁星

不要去看病

至少不要在这个令人陶醉

的夜晚结束之前

在夜色

像桌布一样铺上餐桌时

一定要返还。

2.

我不指望

夜晚知道时间，

于是我梳理

黑暗的光线

出发向前。

你的眼是群星

闪烁在空间

你的头发是盘桓的路

散落在雪白的床单。

我打开了北极光的开关

我从大海里

钓起了一首诗

那是月亮捧到你的面前。

抚摸我的唇，

双手和双眼。

你会发现

我的拥抱宽阔无边，

大洋就是跳舞的地板

海浪掀起波澜

抚摸我的唇，

双手和双眼。

蓝色的笔触

啊，大洋……

上帝把你当镜子照看自己的模样

可你是灵魂的浪头，盲目乱撞

你起起伏伏，怀着灰色的梦想

异域的话语挂在嘴上。

当太阳在海边漂荡

岛屿都浸透着日光

山峰上的冰块

像一杯杯美酒飘香。

一块帆布铺在世界上

悬崖就是它的画框，

一滴苦咸的海水就是一面镜子

岩石上的鸟儿在欢唱。

这笔触

画的是世界上的波浪

是蓝色的波浪在歌唱

是鱼儿反复悼念的句章。

那泡沫……

像是老人的胡须

上了岸却又消失在大洋

深色的大洋，大浪淘沙的海洋。

月光敲打着海浪

一把黑色的琴挂在一绺云上

跳舞拄着发霉的拐杖

激起的是一场旧梦的碎浪，

这些是旧鲱鱼码头的文物

是一把过去高高垫起的脊梁……

这岛屿就是流动的盾牌

屹立的岩石就是长枪，

啊，大洋……

它从海岸隆起

正步向村庄

身着一袭灰雾

抢来的儿童抱在胸膛

手牵着走在路上

路过了理想的栅栏

和泛着波纹的黄色的池塘。

手牵着他们

它蓝色的眼睛在歌唱

然后躺在悬崖下

靠在岩石旁

有欢叫的鸟儿在歌唱。

如同梦中生命的春天一样

在夜晚黑色的洞穴

在弱风的墓场

你在世界上的闯荡没有方向。

当他们离去

在他们的足迹里有东西在上扬

那是世界蓝色的笔触

是蓝色反复悼念的句章。

歌唱故事的荷马

一天下午有雨，

一条船离开了很多人来过的梦境，

它载着荷马，那个说唱故事的歌者来到雷克雅未克。

他走过码头

上了一辆出租车

走过了雨中灰色的街道

破烂的房屋从他眼前略过。

到了十字路口这个说唱故事的荷马转过头

对司机说：

"真难想象

这里，一个雨中灰色的枯燥之地

怎会生活着一个讲故事的民族？"

出租车司机回答说：

"这恰好是

雨打窗子时你不想

听到
好故事的原因。"

雨打窗户之时
大雾会扑向海湾
把大山和大洋遮掩，
这时除了街上的烂泥
还有什么好讲呢，
没有迷人的歌曲
没有高歌着的太阳
只有很快被冲到大海
里的脚印，
一片空寂，只有风
的呼啸之声……

披着一身灰色
时间从街上溜过，
一只鸟在城市的上头
傻傻地盘旋，
雨中的乌云
卡紧了咽喉

深夜的骤雨

罩住了整个地球。

有个人张帆出海，

海浪忽高忽矮，

有房子本可安睡

那张帆正被梦想拧牵，

整个黑海

世界在涟漪中摇摆

灯光闪了又闪

就像街上的火焰。

悬崖边上的骨头

大雾把山巅紧锁

雾的奶白色

悄悄地在山的脸颊上趴着。

岩石就是没有统帅的军队

就是远处的房子

在唱着无声的歌。

悬崖冲着天空
伸出了手指
用锐利的指甲
在云彩上乱划。

你若开门
会传来屋子里的声音。

一位老人
系着绳子从搁浅的船上
往悬崖下面滑。

结果碎石如注
脚下风急浪涌
在悬崖下吼叫个不停。

当你从睡梦中醒来
道路已蜿蜒着融入了雾霭。

在一片沼泽里
站着一个罪犯鬼

他在等着春天

那时船只就会

从大洋驶向这海湾

那时好多东西还没有被抛弃。

道路蜿蜒进雾里

忽然房屋把大帆竖起

灰灰的已久经风雨

像是遗骨躺在悬崖的边际

什么都没有被席卷

不是拿着扫把的上帝

也不是风，大洋或者时间。

梢荣·瓦尔迪玛多蒂尔

（Þórunn Valdimarsdóttir，1954 年出生）

梢荣是一位历史学家，出版过学术著作和传记，也是一位小说家和诗人。

在古老教堂的院子

大门里有一张示意图：
"红点代表你所在的位置。"

这样你就来到这个院子
还有一个感光的红点
走在画着网格线的地面
不知下面有什么
不知名字下面为何画着点点

树木的枝干就是一堆神经
轻轻地抚摸着你
命运垂着它扫兴的尾巴
办公室和头衔都丢啦
二十岁姑娘的微笑也已消失

你走在已被绘制成图的院子
你的心好像在地图上跳动
屏幕上的点在飞动
你发现了一个出口

这有另一张图

那个点仍是你所在的地方！

那个红点

就像一只打着拍子的红色火烈鸟

一直跟着你走出大门

走出地图

走进活生生的风暴里

当你走过了教堂的院子

你回到了你该待的地方。

贝壳与树

我的朋友依斯坦·比约松（Eysteinn Björnsson）给了我创

作此诗的灵感。

在海螺壳的头里

可以听到大洋的回音

亚马逊河畔的印第安人

呼喊着把这回音传到了世界上的人们。

亚马逊很土的一个词

河里的潮水有涨有退

葡萄牙人

看到了一百个丛林里的野蛮的姑娘

她们是母狮、母马

希腊的亚马逊们

一箭射中一个乳房

他们在梦想的森林里追逐着那些姑娘

亚马逊，亚马逊

这个地球失去了

一个乳房

皇后种下了树

树木吞下了污染

树还是树

但是在神圣的危险区它们是惊悚的树

爱情与这样的液体

1.

爱情是梦想间的约会

时间和空间

把事情管得很严

在上街有人做了个梦

同时在下街

也有人做了个梦

邪性

一般的钟表

用手指把时间调

滴答走的用十指把时间报

没有哪两个表

是一模一样的

它们报时总跑调

伟大的"时间异常"成了神丹妙药

两座钟一起敲

在同一天同一条街道

原来的背景声很粗糙

现在却成了天上福音

像醉人的酒滴

从天外往下掉

2.

皮肤里的绿色细胞

落叶的海洋

雨中的树林，就是我们

在黄昏如火的晚霞中

相拥相抱

当月亮开始升起

它从根底

要跳到树顶

一只美洲虎已睡着

然后一只鹦鹉

狒狒和蛇

一条蜥蜴和甲虫

我们都已睡着

3.

他已醉了

像一块得意的奶酪

像一片病恹恹的玫瑰地里的城堡

想到她

像护城河里疲惫的睡莲

像灯芯草中断了翅膀的鸭子

她听到了岩浆在鼓噪

蒸汽从地上的裂缝往外冒

在地壳下面

裂爆声就要来到

4.

松针在泡沫里泡澡

被泡着的正在死去的树林

一丝和平都没有看到

在绿水中它们被浸泡

他自己在喘最后一口气

在他深爱的森林

　　有两个遥远的太阳

　　他闻到了贻贝的味道

　　爱情的味道

琳达·维尔尧尔姆斯多蒂尔

（Linda Vilhjálmsdóttir，1958年出生）

琳达是诗人和小说家。

东边峡湾的雾

　　爬山时回头看

　　民间故事还没讲完

　　永久牵着它的是一根线

　　是银蓝色的河水的慵懒

　　是蛰伏在平原上的

　　春天

　　直到我们大睁着双眼

　　看到埋在白色下面的

　　离我们很遥远

还看到坟墓

在最高处

正在复活的是冬天

这

似乎很神圣的东西

把被子交到我们跟前

它覆盖了峡湾

种上了一座座小山

造出来崭新的云和天

这像是梦游

走进了薄雾去观看

在我的脑中一闪

让我骑着羽毛飘在蓝天

也许是一根头发把我牵

把我丢到西迪斯福约泽（Seydisfjördur）那边

没有一个字

一滴血

一段骨头

一块皮肤

一把头发

一块指甲

火后的灰烬

去年烧起来的

今年才被扑灭

我在你身上遇到了鬼

天气

那次的霜很厉害

我还记得先前的那几天

曾出现了北极光

然后下了一场雨

现在也在下雨

已不停地下了五天

和五个夜晚

我已经不耐烦

有故事讲的是二十匹马

一次水灾中在一个小岛中了圈套

北边的河已封，危险就在眼前

如果有这样的警示就好了：

小岛上有马匹

河已结冰

可有北极光。

吉尔德·埃里阿松

（Gyrðir Elíasson，1961 年出生）

吉尔德是诗人、小说家和翻译家。他 2000 年获得冰
岛文学奖，2011 年获得北欧理事会文学奖。

云母的后面

A

我在此再次宣布：

月亮如果被给予以下的称呼，与我无关

电视

一节诗

十二条腿的狗

人的战舰

下列事宜与我无关

电梯横着走

汽车竖着开

我有病在床

哪里也不去

B

可我也不是完全冷漠

我有时害怕膨胀的

黑匣子的玻璃会

在我的脸上爆破

我的脑浆会四处散落

然后

我想停止思考

翻开一本破旧的期刊

漫无边际地

读着广告

C

一辆火车尖叫了一声

进了站。在关着的窗户里

一块赭色的手帕在挂着的地方飘动着

一位乘客活动了一下他僵硬的腿

冲着室外刺眼的厕所蔑视地扫了一眼。

他用牙打开了苏打水的瓶盖。

附近的绞刑架上有人就要被上刑了……

接着，下一件事是我

合上了杂志，两眼发直

思想又开了小差

墓地的石头滚动了起来

D

在泥泞的路上

一群人沉闷地抬着什么东西

徒步走了过来

他们抬的是棺材

换景：在摩天大楼的顶层

有人正准备向外面

做前滚翻

空气中有雾

尽管这样教堂的尖顶

从城的另一端仍可看清

E

我恢复了神志

不记得自己是谁

我怀疑明天是否会到来

我怀疑轴心已经被换掉

现在有了可靠的当局

就在太阳按时间要出来时

天上掉下了燃油雨

F

在屋里他摆了个架子

好像是什么地方来的使者

穿着一身红制服

用弹竖琴的手指理了一下胡子

他还是站了起来，重心从一只脚

不耐烦地换到了另一只脚，递给我一张票

今夜一定会很长

他嘟囔着说

装着没有听见我的问话

这票

是否是

回程票

G

然后混乱中一片寂静

所有的东西在刺耳的闪电中解体

包括耶稣闪亮的画像

薄薄的窗帘已被撤下

在一个小小的美术馆还挂着一幅画

电视卫星在柔和地闪动

地毯上有一个十字架

是掉下了的窗框搭成的

有东西开始往下滴

早上的事

（语录的结尾）

看着一只大毒蜘蛛在客厅的地板上

昂首阔步，然后它在白玉兰桌子的下面

躺下来好像要睡觉。

它所有的爪子都放平了，它很遗憾

不拥有湿婆女神那么多胳膊

来防备突然的攻击。

它躺着的地方很像

侧身放着的血红的布丁

渣子沫子散得到处都是

他用手摸了摸那家伙长着毛的后背，

然后又摸了它的外衣

他很小心，没有像抚摸猫那样反方向摸

这时他看到它的下颌，然后从后背到脖子

都抖动起来，它的发毛一根根都立了起来。

他慌乱中看了一下手表，

发现表已经在八点零六分时停了。

他的手哆嗦着把表摘了下来，把表系在了蜘蛛的身上，表面

朝下。

然后他蹑手蹑脚地去了厨房。

他找了一把剪刀和一块涂了巧克力的饼干

又回到客厅。从那熟睡的家伙的身上

毫不费力地剪下至死的玩意儿

甚至没有

惊动……

伊卡洛斯最后的子孙

唰、唰、唰

从上面传来的声音

我巡着声去找

我一步两三阶爬上了楼梯

在阁楼一个男人拄着拐杖

他回头看了我一眼

走出了天窗

我爬过去

什么都没看见

只听到布谷的叫声

时钟很经典地

在阁楼里

那工具台上

敲了十二下

我看到了

似乎是做好了的

半个翅膀。

末日

国王醒来了，那是在地狱

他在被窝里喊了声：我的咖啡呢。

没有人回答，他又叫了一次。

还是没人答应。国王很轻松地就病了。

从来没有过这样的事情。

"我的咖——"他又叫了声，但是最后的字没有说清。

在他的王室国王陛下的话很柔很轻。

你的棺椁已在这里放停。

布吕赫尔会画成这样

山上田园绿色中的教堂

天上飞着乌鸦

吹口琴的人

正修理他家的房顶

和黄色的百叶窗

没有头脑的母鸡

叩击着结了霜的玻璃

有人在夜晚用砂纸

打磨着锐利的峭壁

我的脑袋

正清除不切实际的思绪

孩子们正在水虎池塘里滑冰

在弯弯的月亮下面

一位拉手风琴的女士

戴着墨镜在灯光旁

读着书里的文章

小鸟睡了

在烟囱里进入了梦乡

胡萨菲尔的晚夏

我们正在阳台上烧烤

木屋里的烟味很呛

我偷偷地离开了厨房

走到熔岩旁

我想到河边去

远远地我听到有人嘟囔

可是熔岩还有些发烫

我穿的是新鞋

害怕星火蹦到鞋上。

我坐了下来

观看蜘蛛织网

不由得会想

这么弱小的东西

怎么自己发明的东西如此不寻常

一时间

我看到咫尺外的天堂

布拉吉·欧拉夫松

（Bragi Ólafsson，1962 年出生）

布拉吉是一位诗人、小说家、剧作家和音乐家。

来自全球世界语大会

我从第十二届世界语联盟大会

把这几行诗寄给你，

请不要感到意外。

在这里一切都很旺盛，

大自然满是欢喜

大会开幕后的那个早晨

我觉得很奇怪自己竟满不经意；

我用食指和拇指

碾死了一只小苍蝇

这个动作似乎

是要把它吃掉。

你肯定会想象到

这里论战的情况

不管是什么问题

都没有人会同意，

会议室里的论文像潮水似的泛滥

我刚摘下眼镜

就接到了改变形容词词尾的最新通知。

实际上你是对的，

第十二届会议就这么回事，

这几行诗不是从这里寄出去的。

关于大自然如何兴旺的说法

完全是虚构的；我其实就

在你的隔壁，你知道：

我们终将会死去，所有

隔开我们的

是我房子西边那个印刷厂，

还有克拉帕斯汀格路上的

儿童游戏场，

从位于扩展路的市中心

可以开车到塞尔蒂亚纳内斯（Seltjarnarnes）

和大西洋。大西洋那靠不住的涌流

想起它吞噬了多少像我一样健康

有前途的年轻人就会心痛
你正处在我所羡慕的人生最好的阶段
我不知道我的问候
是否可以在此时送到，
可当它送到你的信箱后，
肯定它往里塞时已经弄褶——
你就把它平摊在餐桌上
就像渔民在决定方向后
要抚平他们的风帆。

在房屋的框架里

这房子会有新人来住
代替以前那一家子。
我决定跟他交个朋友：
首先我们见面时会握手，
然后我告诉他发生在这
房子里的有意思的事情。
然后他请我进屋
尽管地上堆满了书籍
窗户上还没挂窗帘。

我在唯一一把椅子上落座

我看到很多装了框的画像

有一些看上去跟他很像。

屋子里这么乱，他开始道歉

我忽然产生了一个想法，我跟他

说可以跟他交换照片，

我把我家的合影给他，

他的可以给我。

他再次对屋子里乱进行道歉。

他很快就要过来了。

工程的盛大节日

在夏天

当好几艘邮轮

在港口外面一条接一条地下沉

其实城里的人本来对这些邮轮非常倾心

需要对邮轮进行监视的问题

变得很要紧

不但很要紧，而且有问题

问到了根本

为何这么辉煌的工程业绩

这胜利和希望流动着的宴会的欢庆

总要在夜晚下沉

总发生在我们的爱慕达到顶点时的光阴

蓝色的夏威夷

在湾水路和莱克雅嘎塔街的角落里

两位长着胡子的人

为找不到

与时代相符的词而为难，

但是"亲爱的苏珊

查理·敏尕斯

已崩坏了他的心弦"，

一位很敏感的

宽宏大队第四排的中士说，

"我再也不能

以不懈的坚定

来拥抱你。"

苏黎世郊外一个流汗的情侣

与老挝手工艺女人断了关系，

在北部挪威一个地下室里

一个铜管乐手

拿着它的乐器断了气，

从棕榈树上、从等待着的女人的眼里

流出了肮脏的泪水

流进标有"猫肝"的锡盒里。

但是这是在湾水路和莱克雅嘎塔街的角落里

每个小树杈后面都有人偷看；

是害羞的丢失的处女，

像桃子一样新鲜艳丽

从水果商的架子上滚到地里

掉得很快你来不及再买。

探险人

当探险人敲门

长途跋涉后

又累又冷

每个人都会

尽一切力量

把炉火点燃。

把灯芯绒靠垫

拿到客厅

当炉火上升到好的气温

酒水和点心就会拿出来招待客人

这些对任何一位探险人来说都是好东西：

干的马提尼酒

日本茶；

黑茶还是绿茶

按口味挑选。

他们用过点心暖过劲后

就轮到我们好奇敲他们的门了：

为何要来我们家

为何离开蛮荒之地

然而——炉火可能太旺——

他们疲倦得一塌糊涂

没有作答；他们往后靠着

像落日一样，

不习惯对他们的到来予以说明。

克里斯汀·欧玛斯多蒂尔

（Kristín Ómarsdóttir，1962 年出生）

克里斯汀是一位诗人、短篇小说家、小说家和剧作家。

约束

当我哭泣

我的泪会滴入

多叶的棕榈

她告诉我

在我哭泣的间隙

她跟我说

她抚摸着我的头发

让我留在

我待过的地方

在一块石头的下面我把宝物收藏

当她哭泣

她的泪会滴入

多叶的棕榈

我告诉她

在她哭泣的间隙

我跟她说

我小心地看着她的眼睛

让她

留在

她待过的地方

留在她待过的地方

夜晚来临

对用锡做成的战士

你要赶上他

给他红色的血液

给他穿上衣裳

他就不会

在这个冬天

磨坏旧的夜装

为了回报他就会给他们

夜里喝的牛奶
夜里喝的牛奶

从停车场的笼头
从墙上的笼头
到长着一行行树的公园
到大街小巷
到湖对面桥的下面
到停车计时表
到码头上的木桩
到处有夜里喝的牛奶
不管在哪里只要是干渴
拧紧的笼头里
就有夜里喝的牛奶
只要按消防笼头
的蓝色按钮
黏糊糊的夜里喝的牛奶

就会喷到

你的

脸上

夜里喝的牛奶！

夜里喝的牛奶！

诗歌森林里宴会的主人

一只小玩具熊坐在那儿围着一个白围嘴。

我跟他耳语

告诉他几句话

然后我递给他一张纸一支笔

当他的父亲大灰熊、

我的叔叔来领他

纸上什么都没有啦

小玩具熊傻傻地笑

用树枝把椅子敲打

这个集会很快就要结束。

我坐下把那把椅子拾搭。

新郎的晨曲

新娘穿着白婚纱

她的列车开到了邻居门下

面纱挽起到她棕色的头发

她母亲的手指抚摸了一下又一下

新娘

手里拿着一个绿色的瓶子

她的父亲用粉色染着她的脚指甲

新郎把黑皮箱子装在

黑色汽车

的行李架

新娘

坐在那儿手里拿着一只绿色的大瓶子

瓶子的形状像一只气球

她父亲正用粉色染着她的脚指甲

她母亲的短手指还是离不开
她的棕色的头发

新郎身着一身深色的鳄鱼装
正忙着用行李架上的卡子
把行李拴结实

那位新娘

封闭的新婚之夜

一块面纱垫在棺材的下面。

坟墓里躺着的是一位新娘
很多礼物
在她的腿上堆放。

彩带是浅色的
绵纸是白色的。

那是来客的名刺。

她身着婚纱

是用钩针编织的婚纱，

她穿的是蕾丝长筒袜，
鞋子和手套。
还有蛇型的锁。

一块面纱垫在棺材的下面。

像盐一样惨白的脸
敏感而
浑浊的双眼。

一块面纱垫在棺材的下面。

从瓶子里可以看出很多事情
事情都写在那儿。

玛格丽特·劳阿·荣斯多蒂尔

（Margrét Lóa Jónsdóttir，1967 年出生）

她是诗人和小说家。

有阳光的夜晚

死亡与我。生活与我。

消退的粉色的遗物侵扰着我

我们的日子一点点漏掉了。

我现在想去找你

我此时正喘不过气……

还是你过来吧

就像当初咱发现了我和你。

死亡与我。生活与我。

死亡只是一个

新的结束的开始。

而我。什么都不去想了。

我拥抱的只是一具烂了的尸体

我向着永恒的黑夜耳语。

多好呀。

立秋

扬帆

开车

飞行

速度

独自一人

这就是生活

如果人们以为艾迪逊

发明灯泡后

蜡烛就开始走俏

镶着银牙的人在

去世人的海岸的旗鱼中

跳舞的照片会吃香

那就错了

那时血红的天吞噬着夜晚

银雨在街上飘落

这老式的浪漫完全

取决于天气

告别

在陡峭的悬崖上

在远离大陆的地方

一浪高过一浪

浮石

熔岩

黑沙

在海面上漂荡

在陡峭的悬崖上

你做最后一次探访

你观看浪花

大浪的翻卷

成碎花的模样

这里是火山岛

从远处就可以听到浪吞浪

听到浪的呼号

从卡普拉格约塔（Kaplagjóta）

就能听到

潜流

的尖叫声

格德·科里斯特尼

（Gerður Kristný，1970年出生）

格德是诗人、小说家和儿童文学作家。2011年获得冰岛文学奖。

夏天的诗

在仲夏

房子之间的路

没法走了

街上全是泥

你和我

都不愿意是第一个

去除雪的人

我记得你

不愿意劳累自己

至于我

我一直

都喜欢

雪

上帝

我死时

要削掉

我牙齿上

咬人的冰霜

我骨子里

吹起了时髦的口哨

风中传来了笛声的哀号

到那时在刚刚飘落的雪里

你要展现你的荣光

让人们把你记在心上

在我的上面

为保护我你扑棱着翅膀

竟然连一根羽毛也没掉落在我身旁

冰的报告

冰的镣铐

在大洋的表面延伸着

太阳折腾出了新的一天

在这冬季疲劳的大地

揭示出惨淡的山脉

的凄惨的白色

从东面到冰川

爱情飘了进来

它走在齐腰深的雪里

它身后留不下

任何踪迹

它慢慢地移动

笔挺着身子悄无声息

就像走向陆地的海里的冰

冬天的最后一天

从房屋和树木的上方

白雪从黑灰色的冰上飘下

月亮好像在冰的池子里流动

与最后的诗一起

白天被吹到水里

西格比约格·瑟拉斯塔多蒂尔

（Sigurbjörg Þrastardóttir，1973 年出生）

西格比约格是一位诗人和小说家。

这个国家不征兵

我有时流血

但并不疼痛

这情况不稀少，也经常

这就是现状

每四周有几天这个样

如同正规的战场；

应该欢迎

这种制度

而不是抱怨

因为可以这样比方

流血像预料中那么平常

而且没有危险大体上

至少作为女人

她的骨盆同时

会有轻松的时光

谋杀的故事

秋天决定不走了

圣诞节再回来

我在窗子上放了一只鞋

却得到了一台钢琴

可这片桦树叶

我放在没有读过的

厚厚的书里

它看上去这么熟悉

与你的咽喉是

一样的形状

我可以做一件事情

那就是把它小心地放在你的食道上

这样你要呼吸

就得用点力气

这是一片真正的冰岛树叶

像晶片一样薄

这种死法最漂亮

你说呢

嘉年华角

我们从未以惊人

的速度发射

控制室里

坐着一个

怪人

你从这个角度

从发射器的后面看不到他

我们听到传开了

关于这个行当的谣言

我们根本不听

不相信任何事情

但是有一点

我们都有根源

家庭之树长在这里

曾经很规整

已经被砍伐变成了汽油

我们这个渐进的手艺

只有离开了大地

只消耗很少的东西

最理想的是

不需要再割草皮

最完美的是

不再接触

大地

阿拉伯半岛

妇女，请穿好衣裳

此刻

此地不是外露

的时间和地方

你应该感到庆幸如果能把你的脸蛋藏

最好

穿黑色的衣裳

你应该感到庆幸

如果有人死亡
你不用回家换衣裳

请穿好衣裳
此刻
你要外露就是张扬
这里只需要宁静的时光

欧洲

航空公司将推出一项复杂的服务：波音 737 喷气飞机将在欧洲大陆摩托车道的上空沿着著名的历史遗迹在最受欢迎的杜赛多发与那不勒斯之间飞行酒水管够有足够的时间至少喝三瓶博若莱新酿的葡萄酒两箱进口的时代啤酒四瓶甘恰酒庄的阿斯蒂葡萄酒为好色的种小麦的农夫粗暴的逃税人近视的妓女和社区的其他市民干杯喷气飞机亮着着陆灯飞过时他们正焦急地冲着旅客招手。

成长

小草长高的声音

我听得越来越真

我看着蒲公英做的钟表

它的种子贴上了我的眼睫毛

时间太晚了

我无法站起

小白菊的枝干

上的外科手术刀也长了

就在篱笆的下面

花骨朵正在酣睡

我想到了冰淇淋

却听到有声音过来

我觉得我再也站不起来

他们可以说我已成人

我把手掌伸进草皮

最好用草皮盖住

我的全身

高沼地的春天

为了回答各种各样的问题

再次发表自家的忠告如下：

水煮沸时

把脑袋伸进

大罐子里

这样你头脑会清醒

视野会集中

有一次我站起来

说了这样的话：

每天都有高塔

在这个世界上坍塌

在一些林中空地

充满了爱的气息

不然就没有什么新的东西

冰河时代

在侏儒的耳朵里

雪不会融化

在拂晓的荒野
他们注意的是石岗

河水流淌
蒲公英开在山坡上
但是经年的冰冻
一直在石头缝里
发光

侏儒们的运气好
他们不知道
生活里有什么缺少

他们从未听过
过硬的商标
气垫
电动开瓶刀

责任编辑：忽晓萌

装帧设计：汪　阳

责任校对：白　玥

图书在版编目（CIP）数据

诗的国度：冰岛诗歌选／王荣华，张守凤 编译 . — 北京：
　人民出版社，2021.12

ISBN 978 - 7 - 01 - 024169 - 2

I.①诗…　II.①王…②张…　III.①诗集 - 冰岛 - 现代　IV.① I535.25

中国版本图书馆 CIP 数据核字（2021）第 241591 号

诗的国度：冰岛诗歌选

SHI DE GUODU: BINGDAO SHIGE XUAN

王荣华　　张守凤　编译

人民出版社 出版发行

（100706　北京市东城区隆福寺街 99 号）

北京中科印刷有限公司印刷　新华书店经销

2021 年 12 月第 1 版　2021 年 12 月北京第 1 次印刷

开本：880 毫米 × 1230 毫米 1/32　印张：13.375

字数：218 千字

ISBN 978 - 7 - 01 - 024169 - 2　定价：99.00 元

邮购地址 100706　北京市东城区隆福寺街 99 号

人民东方图书销售中心　电话（010）65250042　65289539